越窑青瓷长歌行

罗洪良 著

浙江摄影出版社
全国百佳图书出版单位

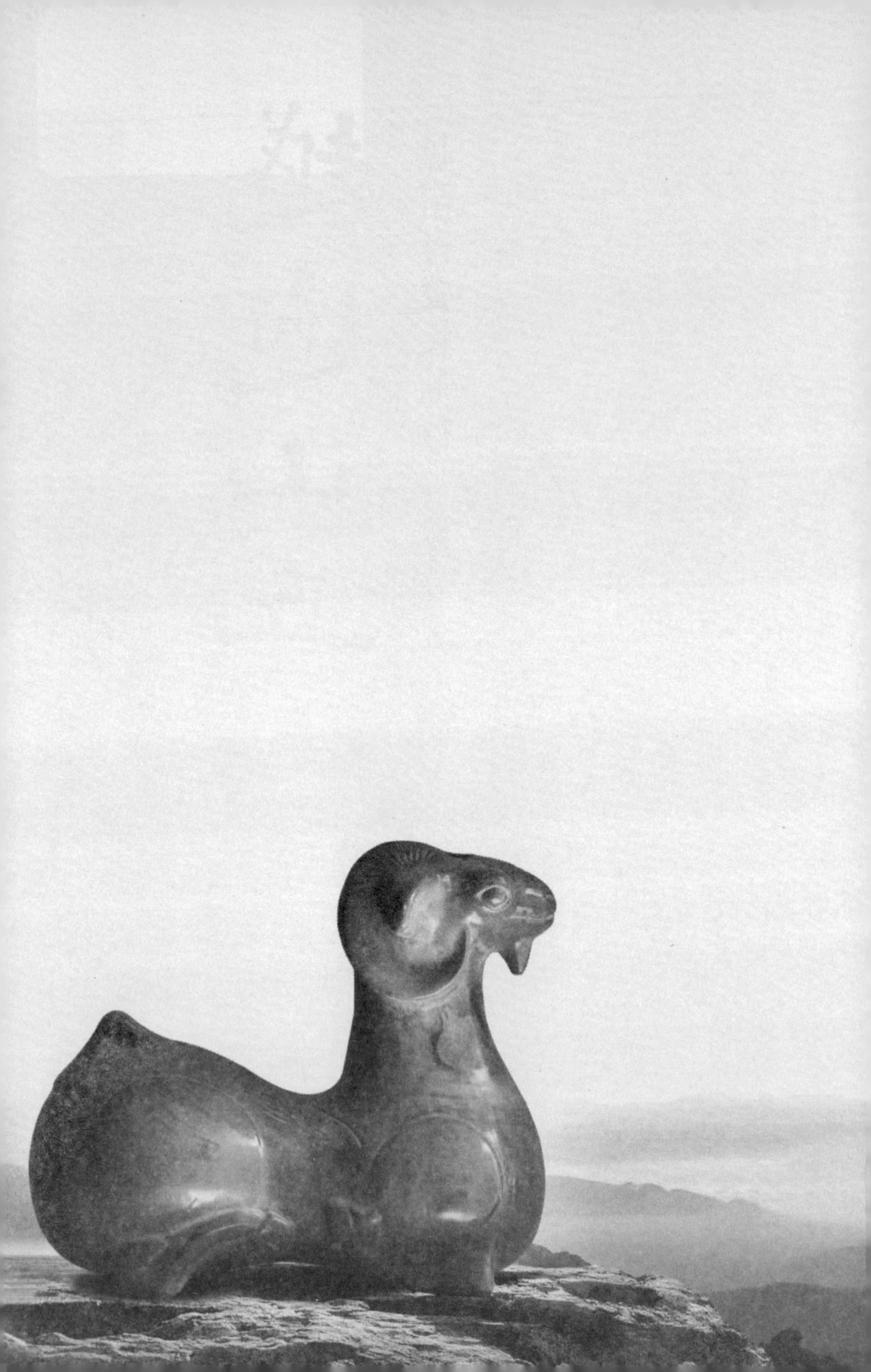

永遠的越窯青瓷

序

奏一曲越瓷的交响

陈荣力

罗洪良想要写一部关于越窑青瓷的长诗，已有些时日。初闻他这一打算，我有点担忧。倒不是怀疑洪良的决心和能力，而是但凡热爱诗歌的人都知道，写长诗多少是件吃力不讨好的事，其主题、内容、结构、风格，包括内在的逻辑和呈现的维度，远非一般的短诗、散章和组诗可相提并论。再者，多媒体时代，阅读趋向碎片化、快餐式，诗歌的读者本来就稀缺，一部三四千行的长诗，输出的空间和阅读的圈层有多少？这无疑是一个绕不过去的问题。

后来与洪良的接触有点多，对这部长诗的了解也全面、深入了不少。我的这点担忧也渐渐被期待和憧憬所替代了。撇开其他的缘由不说，这样的期待和憧憬至少滋生于以下三个方面：

第一，洪良是一个天生的诗人，几十年坚持不懈地读诗写诗，且发表过数百首的长、短诗作，他有写好这部长诗的天赋和功力。

第二，洪良当过兵，曾是一名出色的军人，有超于常人的吃苦精神和坚韧毅力，这是他写好这部长诗的"肌肉"和

"热量"。

第三，也是最重要的，洪良投身越窑青瓷的研究、制造和创新十多年，对越窑青瓷的热爱和痴迷已融入他的血液里，成为他生命印记的一部分，这更是他写好这部长诗的"密码"和"引擎"。

上述三个方面，恰如越窑青瓷是在瓷土、水和窑火的融合、煅烧和造化中涅槃而出的，端的是一件精美夺目的瓷器。

当然，与其把洪良的这部长诗喻作一件精美夺目的瓷器，我更愿把它看作一曲壮观恢宏的交响乐，一曲为越窑青瓷而作、而赋、而吟、而歌、而奏、而和，而恣意挥洒、而激越澎湃的瓷之史、瓷之诗的交响乐。

细读这部《越过山丘》，鲜明的主题和新颖的题材是最让人称赞的所在。一部长诗若没有一个鲜明的主题贯穿，哪怕内容动人、诗句优美，也不过是一盘散珠。长诗一定意义上就是文字的交响乐，贝多芬的《命运》《欢乐颂》，何占豪、陈钢的《梁祝》，如果没有命运、欢乐、爱情这样的主题，其效果、传播度和影响力必定大打折扣。鲜明的主题不仅是我们欣赏、认知、了解一曲交响乐、一部长诗的钥匙和导引，更是帮助我们把作品消解为自己的记忆、知识和思维的"多巴胺"和"肾上腺素"。

《越过山丘》全诗十四个章节，分别以致父亲、河滨遗范、前世今生、成败钱家、开枝散叶、五行之器、器不苦窳、初遇越窑、窑火初探、瓷海寻珠、遇见奕青、堂名越青、缘来如"瓷"、越过山丘为题。而每个章节又分别由或赋标题，或标顺序的小诗组成。这样的结构创设，在强化"瓷之史"这一主线和坐标的同时，也赋予了"瓷之诗"的叙事和书写以更大的空间、活力和自由。尤其是巧妙地化解了一部三四千行的长诗必然会产生的阅读的沉闷感和欣赏的疲劳感。如果"瓷之史"如一件精美瓷器的坯胎，那么"瓷之诗"就是这坯胎上七色的釉彩；而结构这一工匠的独具匠心、精湛技艺以及实现的效果美感，也由此一目了然。

《越过山丘》全诗十四个章节虽各有侧重和维度，但瓷之史、瓷之诗这两大鲜明的主题，始终贯穿全诗且气脉贯通，其纲举目张、提要钩玄的作用和效果尤为出色。独具匠心的是，洪良对瓷之史、瓷之诗这两大鲜明主题的把握和创设，并不是机械、单调和线性的，而是灵动和自由的。这就像一株葳蕤的春藤，在向上攀长的同时，朝四周伸出率性的藤蔓、长出丰繁的花朵，这也使整部诗具有饱满多彩的风姿和激情华滋的张力。

这样的风姿和张力，当然也来源于题材的出圈和立新。洪良将越窑青瓷作为一部长诗的题材，至少有三个方面的意义：一是突破了诗歌或长诗一般以抒发个人情感或故事叙事为主的圈层，其题材的聚焦度、厚重感和代表性、影响力，已上升到宏大书写的范畴；二是找到了梳理和回顾、打量和再现、重塑和传播某一重大物质文明的新途径、新载体、新逻辑；三是实现了在自媒体语境下，对地域文化个性化阐述、共情解读及文学赋能的新探索、新实践、新贡献。

毫无疑问，创作这样一部有关越窑青瓷的长诗，其难度是可想而知的。即使撇开其资料的收集、历史的辨识、文化的考量以及其知识层面的掌握，单就文本层面的框架、结构、意象、语言等来说，端的也是"为伊消得人憔悴"了。如果主题和题材决定了一部长诗的思想活力，那么结构、意象、语言等无疑左右着一部长诗的艺术魅力。而这恰恰成为《越过山丘》的出彩、走心之处。

我喜欢诗，但对诗的欣赏和再想象十分蹩脚。究其主要原因，是对诗的语言、意象等的理解、体悟和共情能力先天不足。为此对《越过山丘》的语言、意象等，我不再赘述，这样也正好避免了误导读者先入为主。就我读《越过山丘》和洪良其他诗歌的粗浅印记而言，其三个方面的特质还是十分鲜明的：

一是热情。洪良的诗歌更像一团炽热的火，《越过山丘》的不少章节同样如是。热情既是高亢激昂、气吞万里的高歌和长啸，也是静水深流、蚌病成珠的低唱和苦吟，或许后者更适合解读洪良当下的生命状态。

二是朴实。诗如其人，朴实是穿在洪良诗歌身上一件洗得近乎泛白的外衣。这样的外衣并不影响洪良诗歌内在的俊美、硬朗或深沉、绵柔。相反，因了朴实，那俊美、硬朗或深沉、绵柔，倒更显得不施粉黛，天然去雕饰。

三是深邃。诗歌是有思想性的，在《越过山丘》中，追求思想性，追求跨越时空、逾越物质、穿越生命的辐射力、深邃度，是一个显著的特质。因此洪良为越窑青瓷，也为自己的诗歌创作，划了经纬。

在《越过山丘》中，有几个关键词值得我们关注：父亲、土地、水、火、土、器、山丘。或许这也是我们解读《越过山丘》，且在自己心中再烧制一具"诗之瓷器"的机杼和火种。

因了《越过山丘》这一曲交响，洪良有爱，上虞有声，青瓷有幸，诗歌亦有新乎！

2024 年 4 月于百二斋
（作者系中国作家协会会员、绍兴市作家协会散文创委会主任）

目录

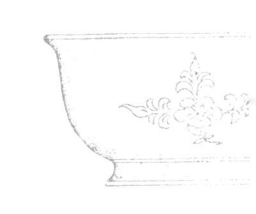

001　　第一章　致父亲

009　　第二章　河滨遗范

027　　第三章　前世今生

043　　第四章　成败钱家

055　　第五章　开枝散叶

065　　第六章　五行之器

083　　第七章　器不苦窳

095	第 八 章	**初遇越窑**
111	第 九 章	**窑火初探**
125	第 十 章	**瓷海寻珠**
141	第十一章	**遇见奕青**
155	第十二章	**堂名越青**
169	第十三章	**缘来如"瓷"**
187	第十四章	**越过山丘**
195	后记	

第一章

致父亲

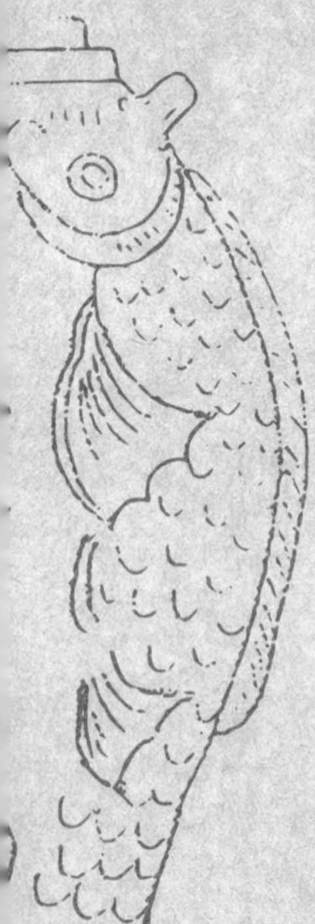

第一章　致父亲

一

今夜
我不知该如何向你讲述
故乡、热土、庄稼
这些你再熟悉不过的词语

今夜
我试着回到过去
回到赤脚奔跑的童年
玉米糊喂养的青春
以及一再倒塌的海塘
带给我的灰色记忆

今夜
你躺在病榻
像一把陈旧的二胡
而我，和我的弟弟
你拉扯了一辈子的两根琴弦
至今
仍无法奏出你听得懂的声音

你的背
弯成了弓
被无形的手拿捏了一辈子
你认命的户口本上

有个温暖的词：棉农
你相信那块小小的棉田里
总会开出让我们温饱的花

你到今天仍旧不明白
棉花其实并不是花
就像你至今仍不明白
我，你的长子
并没有背弃你一再告诫的
淳朴、踏实、勤奋
这些庄重的词语

二

我从绿色军营回到故乡
但我已回不到
你视若生命的那块棉田
我其实到今天仍没有退伍
我只是换了一个战场

父亲，你可能不会认可
陶瓷也是一种庄稼
可以替代纸币
可以替代你那黝黑的脊梁

在这个潮起潮涌的时代

第一章　致父亲

选择，就是方向
我没有选择放弃
我只是选择了另一种活法

三

你不知道，在上虞
在这片世代居住的热土深处
埋藏着一个青色的秘密

这个秘密，直到我青涩褪去
才从虞山舜水的脉络里
发现了蛛丝马迹
这让我莫名地惊讶
并在惊讶里感受到了责任

是的，责任
我说服不了你和母亲
我更无法说服自己像你一样
一辈子面朝黄土背朝天

但越窑说服了我
不仅因为她是母亲瓷
是万瓷之祖
更因为她的温润里有坚硬的东西
这些东西，我

从我们苦难的历史书上读到过
它们与我内心的渴望是一致的

她在我们的故乡诞生
在我们的故乡辉煌
又在我们的故乡湮没
她没有老去
她在等待一个复兴的时代

或许她也在等待着我
在中年来临之前
在火与土的交谈里
我听到了她殷切的呼唤

四

父亲,你像精卫一样
肩挑月光,围海造田
也像愚公一般
开山辟土,营造家园
你从海里救出的那片田地
现在已成为大湾区创变的沙盘

我与你一样
对这片热土爱得深沉
我也想与你一样

第一章　致父亲

在我的时代
认真抒写属于我的文章

我们只是用不同的方式
表达着我们的谦卑和忠诚
只是我选择了从泥土的更深处
去找到那把隐藏千年的秘色钥匙

五

父亲，我所叹息的是
窑火并没有传到我的手里
她在北宋末年的战火里
成了令人扼腕的断章
配方也没有出现在史书或笔记中
我只能打开大地——
这本深厚的无字天书
去找回那些走失的文字

你看到了我的苦
也看到了我的坚持和付出
当你问我累不累的时候
我知道，我和你
已经达成了和解
就像泥土和窑火
慢慢达成的和解

六

父亲，今夜我为你写诗
写给你，写给越窑
写给这片生养我们的热土
也写给所有关心我和越窑的人们

父亲，今夜的风很轻
窑火烧得正旺
今夜，你的鼾声像极了平和的南宋

那就让我从南宋开始吧
接驳起当年的辉煌
在传承里去完成现代越窑的嬗变

父亲，你看
我种出的罂、壶、瓶、罐
多像你种出的稻、黍、粱、稷
我仍旧是一个农民
我在用另一种方式与泥土打交道
在上虞
在这片古老而充满活力的土地上

2023 年荷月于上虞瓷源文化小镇

第二章

河滨遗范

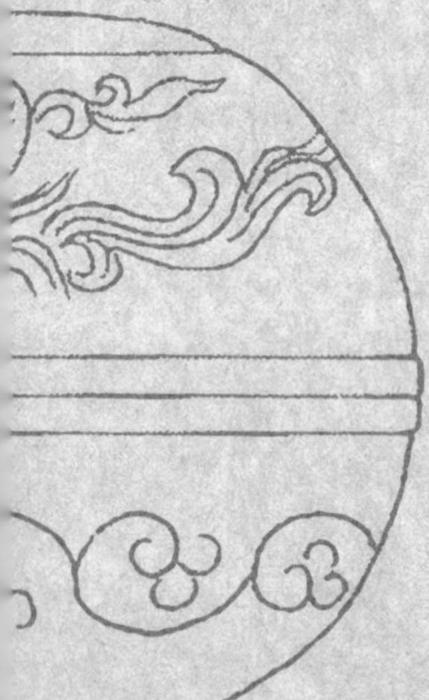

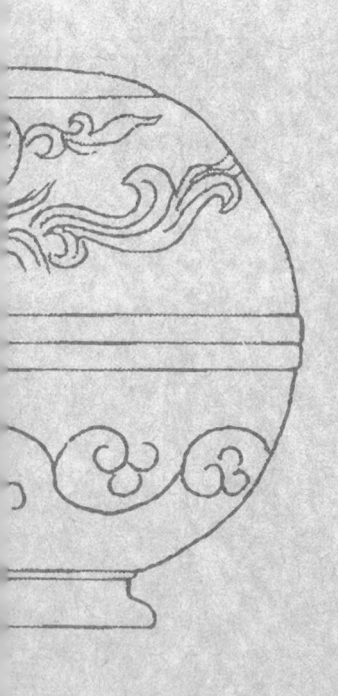

舜江

舜水自南款款而来
温柔地告诉我
昨夜桃花开了一宿
我梦里寂静的去处
突然饱满了芬芳
我声声喊着你的名字
沐着四月的春光
穿过唐诗宋词、古筝洞箫
踏过苍山韵水、黄寺青桥
一纵身
便扑进三千烟雨的怀抱

这里有路边芳草
陌上柔桑
两岸鹧鸪，隔江对唱
苍松翠竹，不绝于道
千古传说，百世流芳

"去虞三十里，有姚丘"
舜所生处
握登山依旧
虹漾村依旧
象田上，人们耕作依旧

只是，做陶的遗址已不可考
河滨遗范，薪火相传
及至东汉
一个震撼人心的青色精灵
横空出世
成为 china 的滥觞

岁月重新排序
春风准时来临
千年不绝的窑火
终将点亮历史的天空

曹娥江

江，还是那条江
只是改了名
一个上虞女子的纵身一跳
像一个倒置的叹号
使我们记住了
公元 143 年的端午
江水把人性推向了另一个高度

江以孝永，孝感动天
一个姓曹的十四岁女子
一个甚至连名字也没有留下的东汉女子

却成为累世景仰的对象

这或许是神州唯一的
以人的名字命名的大江大河
这或许是少有的自南向北流淌的河流
上虞,一座四千年没有改名的城市
为一个女子,改了母亲河的名姓

江水滔滔入东海
海涛滚滚逆江流
海与山的对话
咸与淡的媾和
注定在江水里诞生可颂的故事

越窑遗址之小仙坛窑址

1957年初夏
如一个命定的时间
台风如往年一样如约而至

台风不会知道
它将揭开一个深埋于地下的秘密
那个抢修水坝的农民也不会知道
他的锄头掘到了一个远古的文明

小仙坛，虞南的一个小山村
一个曾经因五斗米道命名的古道场
在村溪斜斜的山坡上
出土了大量的古瓷碎片

罍、罂、洗、碗
碟、锺、钵、瓿
以残片的形式躺在依山而建的古龙窑里
至今依然散发出青幽的光芒

这不仅是瓷的碎片
这是文明的碎片
是历史的碎片
是老祖宗埋藏在地下的神秘拼图

在中国科学院上海硅酸盐研究所
专家们惊讶地发现
这些瓷片甚至超过了现代日用瓷的理化标准
它们的烧成温度，居然达到了 1310℃ ±10℃
所有的检测数据均指向——瓷！

这个发现
不亚于一枚原子弹在世界陶瓷界爆炸
成熟瓷器
居然在上虞的东汉古窑址里早已烧成

在此之前
世人只知道瓷器诞生于古老的中国
但始终不清楚是中国的哪里
也不确定是中国的哪朝
以为最早可能诞生于晋朝
瓷器因此有了别称"晋瓷"

考古是最原始、最直接的验证
高于传说、高于记载
因此,关于瓷的起源
所有的教科书都被"含泪"改写

其后,又在周边的小陆岙、大圆坪、凤凰山
陆续发现了数十座姐妹窑
小仙坛已不是孤证
一个以东汉为时间坐标的窑址群
巍然耸立在中国上虞的四峰山麓
2006 年,她被正式命名为成熟瓷器之源
2011 年,越窑青瓷烧制技艺被列入国家级非物质文化遗产名录
2014 年,禁山窑址被评定为中国十大考古发现之一

越窑遗址之禁山窑址

去,去禁山
去探究远古的奥秘

去木中求火
去土中求水
去灌木丛里求取铁

这些秘密
凤凰山不会告诉你
凤翎湖也不起一丝波澜
只有锄头
才可以到达秘密的心脏

一锄挖出东汉
一锄挖出三国
一锄挖出西晋
三支龙窑像三本史书
摊晒在禁山南麓
一个叫大善的村庄边

樽、簋、洗、灯、罐
硕大而精绝的越器
颠覆了人们对汉瓷的认知
这是越窑烧制的第一个高峰
也是越瓷自汉向晋转变的可靠依据

令人惊叹的是
多件出土的越瓷底部

阴刻了"善"字
这是否证明
"大善"村名自汉而来
而这个集聚"虞"姓的村落
是否就是虞舜的子孙
这些远古的工匠
是否继承了河滨遗范
在一个叫禁山的幽谷之地
点燃了一把烛照史书的窑火

越窑遗址之窑寺前窑址

竹舞松风,鱼戏浅底
山野葱郁,鹭鸟翔集
这是一片宁静的世界

拨开草丛
断砖残瓦堆积如山
窑具瓷片入目皆是
这是一抹湮没的辉煌

窑寺
应为窑工祈祷而设
因窑建寺
古来稀有

足见当年烧造规模

而在此处
竟捡到一个窑具齿形垫圈
底部以行书刻有"想念"二字
这不禁让人热泪盈眶

那个三国时期的窑工
他想念着谁？
这用火烧过的温柔
穿越一千八百多年
传递到了我的手上
让我浮想联翩
心驰神往

我无法复原
那个被松炬照亮的九秋之夜
我只有在公元 2023 年春天的晚上
白炽灯下，用键盘
再次敲下这两个字：
想念

越窑遗址之帐子山窑址

青山为帐,大地为床
帐子山下
东晋的窑火延烧到唐
谢灵运在东山之巅举目南望
那夜,他在《山居赋》里浓墨写下:
"浓烟蔽日,窑火烛天"

浓烟散去
历史的天空一片湛蓝
总有一些答案会浮出水面
总有一些喧嚣会尘埃落定
譬如青花瓷
在这个窑址出土了残片
使我不得不惊诧
唐代的越窑青瓷上居然出现了青花

譬如在一块碗足
赫然见到了"嵩城庙记"的底款
这使得争论不休的嵩城庙的起始年份
至少上推到唐代

譬如偶然挖到的一个钵状器物
竟是经常出现在唐诗里的茶瓯

"岂如珪璧姿,又有烟岚色"(陆龟蒙句)
"圆似月魂堕,轻如云魄起"(皮日休句)
这种被诗人反复诵唱的茶器
原来是在帐子山的窑炉里烧制而成

一定还有更多的秘密
埋藏在帐子山下
只是松风无言
青山不语

越窑遗址之傅家岭窑址

东山北望
众山皆小
谢太傅淝水一战
把东山抬到了历史的高度

傅家岭,低下了头
乖巧地匍匐在东山脚下
像是一只温顺的蟾蜍

这是金蟾
这个秘密直到21世纪
才被一把考古的鹤嘴锄揭开了半片面纱

是的,半片
因为秘色瓷的大量出土
让"秘色瓷产于上林湖"的定论
开始动摇

那么,索性再次掩埋吧
像埋在《嘉泰会稽志》里的那段文字一样:
"尝置官窑三十六所,于此有官院故址尚存"

三十六所官窑
就是三十六个"国营"瓷厂
吴越王用这样庞大的贡瓷生产规模
换来百年的偏安一隅
以至于今
岭脚下的草丛里
晚唐、五代、北宋的碎瓷片仍然俯首可拾
像是散落的断章、诗句
千年不变,万古长青

越窑遗址之江西塘

塘在曹娥江的东边
却被叫作了江西塘
江边的老人说
曹娥江曾改过道

昔日，此塘确实在江的西边

可惜这个答案也是错的

当某一年
一位景德镇的老工匠千里迢迢来到上虞
在这个塘里挖走了青膏瓷泥
真相才大白于天下

他说自古以来
景德镇每有新窑打造
必来瓷源祖地挖取瓷泥以作封土
祈佑烧窑大吉
千百年来从未间断
便挖出了偌大的一个水塘

这是传承，是敬畏
是游子对母亲的牵挂
是瓷地对瓷源的敬礼

云聚云散，物换星移
江西塘，江西陶瓷匠人的朝圣之地
现今正芳草萋萋
一汪碧绿的釉水
像是一只深情的眼睛

目光里，流转着
千古传说，尘封往事

越瓷外运之浙东运河

万流所凑，触地成川
水行而山处
船为车，楫为马
於越，江南的中原
一个"骑着"乌篷船驰骋的部落
注定把水的情史编得如歌如泣

京杭运河浩浩荡荡
穿过钱塘江
便转入浙东运河
这条由古鉴湖和山阴故水道构成的水路
至晋达上虞，至唐达慈溪
至五代达明州东钱湖

而晋代的帐子山越窑遗址
唐代的上林湖越窑遗址
五代的东钱湖越窑遗址
恰恰都在这条运河的岸边
运河修造连通的时间
也恰恰是这些窑址旺烧之时

这不禁让人浮想联翩
是窑址选在了运河边
还是运河因便于运送越瓷而一路延伸
直通东海

"航海所入，岁贡百万"
吴越王岁岁把瓷器、茶叶、稻米、丝绸
进贡给北方宗主国
并借由此水道展开航海贸易
这是吴越国的生命脐带
也是越瓷走向东亚、中西亚和欧洲的海上丝路

浪桨风帆，千艘万舻
今天，我站在运河码头不禁感叹
千百年来
有多少越瓷
从桨声灯影里走出了上虞
又有多少故事
至今仍在碧波里荡漾

浙东唐诗之路

与源源不断北运的越瓷贡品不同的
是源源不断南下的大唐诗人

洛阳宫中,开封城内
顾况、孟郊、温庭筠
郑谷、韩偓、皮日休
对一件件越瓯施加了无与伦比的溢美之词:

"茶新换越瓯"
"越瓯秋水澄"
"越瓯犀液发茶香"
"清同野客敲越瓯"

而施肩吾则赞美了越瓷碗:
"越碗初盛蜀茗新"
茶圣陆羽更干脆:
"碗,越州上"

听闻宫廷御用、稀有之物
原是浙东上虞所造
诗人们哪有不夹笔南下
以山水名胜为由
而践一窥越窑之实

一时名士如鲫
鱼贯而来
一条唐诗之路
硬生生被开辟了出来

"白云还自散,明月落谁家"
李白二度到上虞时写的诗句
如今,已刻在东山脚下
桃花渡口,虞人心上

诗不绝书
越瓷重生
一千年后
当我重新点燃窑火
我又该以怎样的平仄和韵脚
去续写这个庄重的题材

第三章

前世今生

尝置官窑三十六所,
于此有官院故址尚存。

——南宋《嘉泰会稽志》

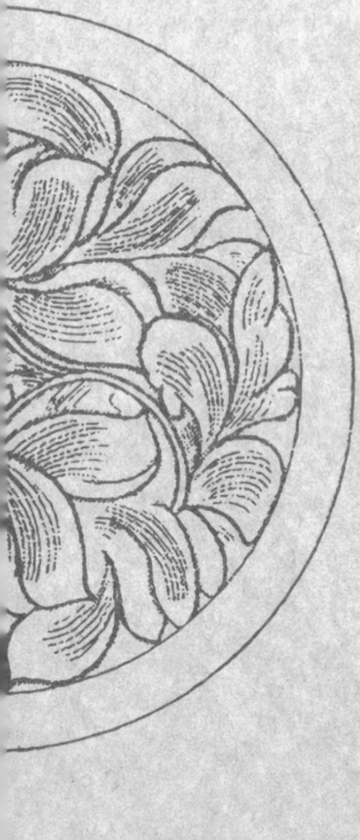

第三章　前世今生

一

远古，或者说距今一万年前
一团天火引燃了枯树
引发了一场改变人类命运的大火
然后，一场大雨倾盆而下

人们惊讶地发现
那些未能逃脱的动物
被烤出了诱人的焦香味
那些被大火炙烤过的土地上
雨水积聚了起来

人类从来不缺少发现的眼光
他们抟土、揉捏、制器
他们开始使用火
锅、碗、瓢、盆、罐
便第一次走进了生活

于是，陶诞生了
这不是虚构
是合理的推论

古越大地的嵊州小黄山
考古出土了万年前的夹砂陶

上虞马慢桥遗址
出现了八千年前的灰陶
而河姆渡出土了大量六七千年前的黑陶
所有的证据链表明
南方的这块土地
是世界上最早的
陶的诞生地之一

而在遥远的两河流域古巴比伦
在远隔重洋的南美洲秘鲁
在欧洲的腹地捷克
也都出现了近万年前的古陶器

这恰恰说明
陶的诞生
是人类在漫长劳动实践中的
共同智慧结晶
陶的诞生
是旧石器时代开始进入新石器时代的
重要标志
她是人类的第一个发明
没有之一

二

而在遥远的古老东方
在於越族执掌的古越大地
舜江和东苕溪的两岸
一些窑工在烧成后的龙窑里
发现了表面泛着青光的陶器

那时,凤鸣岐山
周武王还没开始伐纣
姜子牙还在渭水钓鱼
奴隶们还没有挣脱枷锁

那时
人们还不知道
他们正在向瓷的方向泅渡
那些青翠的釉色
他们把它叫作"窑汗"
那些泛青的器具
他们把它叫作"磁"

今天,这些古老的"磁"
被高科技设备反复检测
烧制温度、水密性、抗压力
都达不到现代日用瓷的标准

我们给它取了个暧昧的名字：
原始瓷

三

需要两千年的等候
才迎来"磁"的脱胎换骨
东汉，上虞，小仙坛
一个面色黝黑的工匠
随手在泥坯上刻上了当年的年号

他不会想到
这个不经意的动作刻下的时间
成为又一个两千年后
人们推算成熟瓷器诞生的依据：
公元 28 年，东汉王莽时期

是谁将窑搬到了山上
是谁将松木推进了窑膛
是谁将狼萁调进泥浆发明了釉
是谁将火焰烧到 1300℃

这些还残存在窑炉里的碎片
浑身布满开片后的丝线
仿佛那是祖先留下的神秘地图

第三章　前世今生

需要我们按图索骥
找到蕴藏二十个世纪的出发点

溪山不言
松风无语
唯有四峰山上潺潺的流水
还在弹奏千年不绝的音乐

四

滚滚长江东逝水
浪花淘尽英雄
淘不尽的
是三国时期越窑的碎片

这些经火不化、遇水不腐的精灵
在凤凰山麓
成为凤凰传奇

转轮法制坯
齿形垫圈支烧
匣钵装烧扩大窑炉容量
每一个技能的改进
换作今天
都可以申报国家新型实用专利

这些延续至今的烧制技术
足足证明了
四千年没有改名的城市——上虞
自古就是一个科创之城

五

五胡乱华
八王乱政
西晋的天空充满了肃杀之气

用于制钱、作器的青铜
被拿来做了兵器
那么，让南方的青瓷来代替吧
鼎、鬲、甗、簋、簠、盨、豆
尊、卣、敦、斝、罍、觚、壶
全都换成了青瓷器
并在器物的表面
刻上了青铜器的铭文

于是，万里驿骑
带着北方设计的图纸
纷纷南下
这正好解释了
为什么南方产的越窑青瓷

有那么多的北方印记
比如胡服、胡人、胡羊
比如骆驼、狮子、琵琶

而樯橹连云
载着上虞产的青瓷
泛舟北上
越窑第一次走进宫廷
成为礼器、酒器、乐器……
只是那时
"官窑"之名，尚未出世

六

晋室东渡
定都建康
王谢士族
把自己的氏族迁到了会稽
上虞东山，名动千古

大量人口的迁入
北方先进手工艺技术的输入
以及士族重视厚葬的习俗
推动了越窑发展的第一次高峰

谢安淝水一战
晋室稳固
南迁后的宫室亟须大量瓷器
谢太傅移居乌衣巷前
帐子山下、窑寺之前
窑工们日夜赶工
要把这捩翠融青的越瓷
通过京杭运河
源源不断运往建康

事实是
当今的考古发现
南京出土的大量晋代越瓷
正好佐证了
我对越窑进贡东晋王朝的猜想

七

"南朝四百八十寺，多少楼台烟雨中"
佛教在南北朝的兴起
彻底改变了越瓷的装饰手法

以人物、动物为器型或装饰的风格
被缠枝纹、云纹、卷草纹、水波纹替代
而大量使用的莲花纹

在南北朝之前未见

南北朝之后

也几未可见

南北朝成为越瓷装饰风格的分水岭

历史的脉络

就这样明晰地在越瓷上体现

越瓷作为佛教用具

在此时期达到了顶峰

八

隋朝，一个短暂得让人有些尴尬的朝代

一个发明了科举制度的朝代

我找不到更多的特征描述

那个时期的越瓷

唯有一盏雕刻着莲花的长明灯

照亮着朝为田舍郎

暮登天子堂的天梯

它像一只孤独的眼睛

从越窑的视角见证了兴衰和更替

晋末孙恩起义

南北朝战乱纷纷

使越窑从高峰跌落

我开始相信
陶瓷业的发展
离不开国泰民安
而我现在
正处在中国历史上最繁荣富强的时代

九

一千一百年后
一个振奋人心的消息传到了耀州窑
在陕西法门寺的地宫里
居然找到了唐早期的耀州瓷

而当耀州窑的专家赶到宝鸡
等来的是一声长叹——
这不是耀州瓷
而是万瓷之祖的越瓷

更令人惊喜的是
地宫物账碑上
清晰地记录着：
瓷秘色，13件

"九秋风露越窑开，夺得千峰翠色来"
最早记录秘色瓷的晚唐诗人陆龟蒙

给世人留下一个千古谜题:
什么才是秘色瓷

法门寺地宫出土
"臣庶不得使用"的秘色瓷
类冰类玉的瓷中翘楚
终于名、物相符
重见天日

十

五代?
写史官摇摇头
史书上寥寥几笔
简略得让人心疼

而对越窑来说
这是一个极其辉煌的时代
以至于一个小节
无法叙述如此精彩的故事
我只能在此埋下伏笔
写下八个大字:
成也钱家
败也钱家

十一

陈桥兵变
朝代改宋
赵匡胤不希望同样的事再来一遍
于是以杯酒释了兵权

这是一个影响后世近千年的决定
宋以来
文人的腰上再不挂剑
温婉绝美的审美
取代了"风萧萧兮易水寒"的悲壮与豪迈

越窑改了性别
柔软的装饰装点了大宋的江山
刻划花画出的细线条
仿佛宫女的蛾眉

龙凤呈祥、莺歌燕舞
凤穿牡丹、云山雾罩
是怎样的手
才能描绘出越瓷上的纹饰
是怎样的手
端起这些越器
在风和日丽里细细品读

这是世风的蜕变
也是越窑的创变
似玉而胜玉的釉色
正把越瓷推向现代的审美

十二

农耕民族与游牧民族的争斗
构成了半部中国史
这是千古以来难以解决的问题
雪线是游牧民族的生命线
这是长城难以束缚的自然法则

当金兵一路追杀而来
泥马南渡
成为赵构的政治正确

三秋桂子，十里荷花
青山绿水的江南
赋予了南宋青色的审美
越瓷便向更青处漫溯
粉青、隐青、天青
竹青、菜青、梅子青
我们终于等来了
一个我们至今仍津津乐道的时代

第四章

成败钱家

越上秘色器,

钱氏有国日,

供奉之物,

不得臣下用,

故曰秘色。

——宋·周辉《清波杂志》

第四章　成败钱家

一

妻姓钱
吴越王的三十四世孙
按照旧制
我至少得叫她一声郡主

她躺在我身边
均匀地呼吸
像极了吴越时期平和的江南
一吐一纳之间
百年光阴已虚度半生

与我一样,她也写诗
因为失去
我们才得以互相拥有

中年,是一场隐形的疾病
我们互相治疗对方
以期从我们共同爱好的文字里
救出那段失败的青春

只是,我一直隐瞒着一个故事
从来没有向她说起:
越窑

成也钱家
败也钱家

这对从事越窑工作的我来说
怕一语成谶
也担心她背上无辜的负担
平添了莫名的道义和责任

二

直到有一天
她拿出一张借条的照片
问我这还有没有用
我的震惊
不亚于一场八级地震

那是浙江省博物馆向她们老钱家出具的借条
借的是"丹书铁券"
也就是民间传说的免死金牌
上面刻着金字:
免九死,子孙免三死

在唐宋元明清的排序里
一个不见踪影的朝代
一个与她关系极其密切的朝代

开始在她的认知中显现

三

来，我们来谈谈吴越国
谈谈你的祖宗，以及
你的故国与越窑的关系

四

那是 1130 年前
那时，绍兴安昌还不叫安昌
那时，一个叫董昌的人反了唐
你的祖宗——钱镠
作为镇海军节度使
因平乱有功被唐昭宗封了越王
又被后唐封了吴越王

三面强敌环伺
国境地面狭小
弱者只能在罅隙里寻找依靠
中原王朝，终成正朔
岁岁朝觐
纳贡称臣

于是，盛大的江南
成了盛大的贡场
大米、丝绸、茶叶
当然还有越瓷
樯橹相连，逶迤北去

只是我一直不太明白
为什么后来
波平浪静的京杭运河不走
而选择从明州入海北上

翻遍史书
才从雪泥鸿爪里找到答案
北去的京杭运河通道
被江淮的杨行密和李昪断了一时
吴越贡赋，朝廷遣使
只能泛海，再由登、莱两州登陆
其间不知多少越瓷、人员溺海沉沦

五

为了御贡
帐子山下，傅家岭脚，上林湖边
龙形的柴窑吞云吐雾
火与土的交谈

到达了铁的内部
青色吐出来
瑞色吐出来
秘色吐出来

集阖国之力大量烧造越瓷
不惜工本追求器物的完美
掠翠融青
嫩荷初渍
中国陶瓷烧制艺术的金顶
在吴越时期熠熠生辉

及至明代
史官在《嘉泰会稽志》里
不无得意而又感叹地写上一笔：
"尝置官窑三十六所……"

六

公元978年
为避猜疑祸及百姓
吴越国最后一任国王钱俶
献两浙十三州之地归宋
浙江人民感恩钱俶
在杭州宝石山上建保俶塔一座

以保钱俶一生平安
这座宋塔,至今
仍在昭告当年的风云变幻

赵、钱、孙、李
周、吴、郑、王
按政治地位排序的《百家姓》中
钱姓在一姓之下,万姓之上
可见当年钱氏的辉煌

由纳贡称臣到纳土称臣
这巨大的变化
也导致了越窑地位的变化
而更令人叹息的是
北方的金兵,已举着弯刀
一路逼近越州

七

那时的绍兴,不叫绍兴
叫越州
那时,还没有驻跸岭、马慢桥、攒宫
这些浓厚的由宋元素构成的地名

那时候赵构还是康王

第四章 成败钱家

他最终在越州建立了南宋
因"绍祚中兴"的年号
改"越州"为"绍兴"

两年不到
迁都钱塘改名"临安"
大旗立起来
宫殿建起来
宫廷特供的瓷器却找不到出处了

被金兵破坏的越窑窑场
因战乱背井离乡的越窑窑工
导致了越窑的第一次衰败
而御贡瓷器供需的矛盾
也成了南宋的一桩心事

而掌握越瓷烧制秘密的钱氏后人
以烧瓷、制茶的理由
得允把子孙分散到各地
以免被秋后算账一锅端
这是钱家的幸事
后来的事实证明
这个决定是多么有前瞻性

八

于是,宁波有了"东钱"
温岭有了"南钱"
嵊州的长乐成了"中钱"
这些地方
无一例外发现了南宋的越窑遗址
他们以烧瓷、制茶为名
藏身于海边、山林
一旦有风吹草动
即刻逃遁

果不其然
纳土归宋十年后
钱俶暴毙,子孙四散
那些掌握着越窑密钥的督陶官
树倒猢狲散
从上虞奔向了全国乃至东南亚各地
越窑遭受了她的第二次沉重打击
于是一蹶不振

九

这是越窑迅速衰落的内因
外因是

在浙江的龙泉发现了紫金土
在江西景德镇发现了高岭土
这些更适合制薄胎、做大器的原材料
取代了成品率较低的越窑土

宋室南渡后
人们审美的变化
也是造成越瓷退出历史舞台的重要因素
至于元、清两朝
马背上少数民族的艳丽审美
对越瓷的单色釉缺乏认同
这些,都怪不得钱家了

第五章

开枝散叶

五湖四海天下陈，
青山绿水影乾坤。
开枝散叶本自然，
阴阳生克有衰盛。

第五章 开枝散叶

一

马背上的民族
对瓷器终究缺少了敬畏
再坚硬的瓷片
也挡不住金兵的弯刀

烧你的千峰翠色！
烧你的捩翠融青！
烧你的越州上！
烧你的贡吾君！

一把成就青史的火
最后也成了一把
湮没辉煌的火
一首刚弹奏到激动人心之处的雅曲
突然戛然而止
令人扼腕叹息

二

人说，越窑的式微
是瓷土的完绝
但为什么我在今天
仍能采到越瓷的瓷土

人说,松木的烧绝
是越窑转移的动因
四明与会稽两山不语
那苍翠的树的银行
是无尽的源泉

人说,战乱导致的人口萎缩
使市场需求衰减
那为什么史书上要写上:
北宋末年,越窑迅速衰竭

是的,迅速
连递减的机会都没有
尽管民间仍有零星烧制
但中国陶瓷史
仍忍痛把她的湮没时间
定在了北宋末年

三

一部陶瓷史
半部中国史
在史书的字里行间
我惊讶地发现
越窑迅速没落的时期

第五章　开枝散叶

正是其他窑系同时兴起的时期

这里似乎有着某种逻辑
似乎隐藏着一些秘密
但我纵情猜想
越窑的悲歌
是否正是其他窑系的催生曲

那些因避乱
背井离乡的窑工去了哪里
只有制瓷的手艺
到了外地靠什么谋生
那些烧了数百年的陶和原始瓷的其他窑口
为什么突然之间百花齐放
生产出了精彩纷呈的成熟瓷器

四

向北，一路向北
我在汝窑博物馆
在钧窑的神垕镇
在耀州窑的陈炉
均发现了宋代早期的越窑器型
如果穿越时光不可能
那我相信是其他窑口仿制了越器

令人欣慰的是
每每说起越窑
他们都认为这是最早的瓷器
都认为古越大地是成熟瓷器的发源地

只是到了后期
众窑口花开数朵
各表一枝
千百年后
自成一家
冠绝当地

五

向南，一路向南
我在龙泉的小梅镇
在景德镇的浮梁县
在南昌的洪州窑
在广东的梅县水车窑
均发现了厚胎薄釉的青瓷器
但量产时间均远远迟于越窑

无论是器型还是纹饰
抑或是技艺还是烧制法
越窑的风格，格外分明

我相信如果没有传承

一门艺术不会凭空诞生

我不能断言完全是越窑的传播

但我相信她们至少受到了越窑的影响

六

向西，一路向西

安徽的寿州窑

湖南的长沙窑

湖北的湖泗窑

四川的邛崃窑

器型、釉色、装饰

也均与越窑相差无几

如果你有疑问

那怎么解释

她们宋代制作的器物

装饰上有西晋越瓷的桥型系

器型上有东晋越瓷的虎子与盘口壶

这些越窑的胎记

是母亲血液里带来的印记

七

向东，则是一片汪洋
艺术的传播跨越江海
我不知古人是如何远渡重洋
把越窑传到了日本和朝鲜

朝鲜的高丽瓷
日本的猿投窑
是两国自产瓷器的渊薮
遣唐使和越国难民共同铸就的
海外越窑文化
至今仍在当地生根开花

数年前我接待的
韩国高丽瓷研究院朴院长
对着我赠送他的一片西晋越瓷片
深深地鞠躬
他说：我要把它供奉起来
我想这是一种认可
更是一种敬畏

八

如果陶瓷领域也有哥德巴赫猜想
我愿意大胆地做个尝试：
是不是专职拉坯的工匠到了龙泉
所以龙泉窑以型取胜
是不是调釉的师傅逃难到了昌南
以至于景德镇瓷出窑千彩
是不是雕刻工匠到了铜川
所以耀州窑刻划花工艺冠绝众瓷

这些猜想没有十足的根据
但这可以使我从越窑迅速衰败的哀伤里
获得一种慰藉
并从这种慰藉中
得到一种庆幸

九

一个人倒下去
千百个人站起来
这是一种精神
仿佛依附在越瓷上一样的
百折不挠、永不屈服的
民族的魂

这是一种顽强的生命
仿佛千古不绝的窑火
总是生生不息、涅槃重生

龙山万年长
娥江千古流
越窑从未湮没
她只是在一个特殊的时期
换了一种叙述的方式

第六章

五行之器

五行：一曰水，二曰火，三曰木，四曰金，五曰土。水曰润下，火曰炎上，木曰曲直，金曰从革，土爰稼穑。润下作咸，炎上作苦，曲直作酸，从革作辛，稼穑作甘。

——《尚书·洪范》

水

参天之木,必有其根;
怀山之水,必有其源。
——清·张澍《姓氏寻源·序》

绝对的水

耕历山、渔雷泽、陶河滨
舜居虹漾,面朝大江
浩浩汤汤的剡溪之水
自南而北,在上浦
在琵琶洲,在指石山
喂养了蓝鲗
也喂养出火与土的艺术

水是母亲,是万物生长之源
来自天空,奔向大海
只有水的洗涤
才能拯救清澈的灵魂

她拯救了青瓷
她说:淘洗、陈腐、凝练
瓷土开始柔韧

她说：清洗、喷刷、涤荡
坯体终于无瑕

她说：突围，以船的形式
瓷器便沿江而下
从曹娥江转入浙东运河
横贯钱塘江，折向京杭运河
向北，一路向北

而船，浮在水上的鱼
像一把把梭子，带着这青灵之器
奔向京师繁华之地
奔向李白的酒桌
奔向陆龟蒙的茶席

相对的水

如果干是相对的干
水便成了相对的水

泥土里，隐藏着一种渴
是离人对乡土的渴
是后世对先人的渴
水，结晶成一种固体
像是转世的舍利

只有密闭的窑炉
才可以窥见这些秘密
才可以从干燥的坯体里
解析出结构水与结晶水

这多像中年的我们
被关押在一个水满为患的躯体里
需要低低的发热
才可以，从千疮百孔的皮肤里
救出水

而釉水是反对派
她要合围这些潮湿分子
在 900℃的前线
逃逸和围剿是成瓷的关键

结晶水的长征终将胜利
在釉水坚硬之前
以气泡的形式穿壁而出
在火的护送下，重回天穹

土

为什么我的眼里常含泪水?
因为我对这土地爱得深沉……
——艾青《我爱这土地》

土地

国有五色土
东北为黑,西北为黄
南方泛紫,西南显白
唯有江南,灰色见多

灰色的土地里,隐藏着铁
这从我父辈的脊梁上
早已明晰

祖先心手相传,从这灰色里
种出棉花的白、稻谷的黄
种出葡萄的紫、高粱的红
这灰里,一定有一个斑斓的调色板
还有一个调味罐
调出甜、辣、苦、咸、酸
调出人间百味

在我儿时的记忆里
父亲对土地的热爱胜于一切
仿佛泥土是他的课堂
庄稼是他的作业
他从泥土里刨出的玉米
养活了我和我的弟弟
这是我记忆中的浮雕部分
或许也是我后来的生活中
色彩斑斓的源泉

但是，我没有告诉父亲的是
在他侍弄的泥土的更深处
有那么厚厚的一层黏土
它的名字，叫作瓷土
它最终成了我后半生的执着
这算不算另一种继承，或者深耕

瓷土

我说的瓷土，不是高岭土
是一种更高古的黏土
细腻、灰蓝、黏韧
遇水温柔如绸
遇热坚硬如铁
像母亲，也像父亲

越过山丘

她在我们世代居住的地下两米处
像一个默默的保姆
托着一个盛大的水乡
我们养鱼、种稻、收获茭白
我们在网络般的河道里活过了一辈又一辈

我曾在儿时
用她搓泥弹、放炮仗
用她制作口哨、玩具
我与她如此熟悉
但又陌生地叫不出她的名字

今天，我亲切地叫她的乳名：青膏泥
也叫她另一个温暖的名字：越窑泥
我的祖先曾用她制作出甗、罍、盉……
我揉她，捻她，爱抚她
用她制作出碗、杯、盘……

这是一个悲壮的过程
她要经过千挑万选、千刀万剐
更要经过粉身碎骨、水深火热
经受八九七十二难
在窑炉里涅槃，脱胎换骨
终以清秀的面容与我见面

这多像我们的人生
需要经受多少的磨难
才得以一个豁然的转身：
成熟、圆润、稳重
像一尊渡过彼岸的青色佛像

火

青林一灰烬，云气无处所。
……
神物已高飞，不见石与土。
——唐·杜甫《火》

焰火

火，火，火
太阳的儿子
自然的收割者

因火，万物生动起来
使我对炊烟有了张望
对家书有了期待

使我对心爱的姑娘、躁动的青春
对一切需要热情的事物
充满力量

是谁举起的第一支火把
照亮人类前行的步伐
是谁点亮的第一盏渔火
温暖了传唱千年的唐诗

我们从火中取出的每一段时光
都用炭墨撰写成历史
我们最终也须投入火中
在轮回里完成最后的涅槃

从水里来的，都要到火中去
水火的不容与交融
是成败的秘诀
当我写下火
燃烧成为人生的全部

窑火

时间：东汉
地点：上虞
一千九百年前

第六章　五行之器

人类第一次将火的温度推高至 1300℃
在凤凰山麓，在越州龙窑内

这是古人的火星探索
是向未知踏出的更深一步
这使得人们可以讨论铁的内部
讨论当时仍未构成认知的真实虚幻

这使得成瓷变为可能
使得被陶器拥有的近万年时光
以及由此带来的生活习惯
被火焰改变

这是火与土的深刻交谈

这种交谈
使软弱走向坚强
晦暗走向光亮
是红色对青色的赋予
是精神对灵魂的馈赠

木

南方有嘉木。
——明·释函是《摘茶八首(其一)》

树木

比人类更早到达这块土地的
是山,是山林,是树木
她们从海洋爬上岸来
触角遍及南北

我的故乡盛产树木
四明山脉和会稽山脉是树的银行
她们发芽、抽叶、开花
她们成长、繁茂、凋零
她们举起绿色的拳头
像是自然的图腾,教我敬畏

水生木
木生火
在水火之间
树木完成生命的交接

而年轮是记忆的唱片
她藏在胸中
我刻在额头
比起苍翠，我只能白发以对

松木

我们来谈谈松树吧
在明亮的电灯下
谈谈松油灯
谈谈松油灯下的故事

"浓烟蔽日，窑火烛天"
谢灵运在始宁墅写下这句话的时候
他居住的山脚下，越窑的窑炉里
马尾松正被不断送入灶膛

松木的油脂在滋滋地燃烧
这使得窑温超越千度成为可能
而松炭，最好的还原剂
她要从胎土的氧化铁中
夺取出青色来

这个原理，在高中的化学课上
我曾认真学过

而古人显然不懂氧化还原反应
他们就近伐木
或许是瓷土找对了松木
或许,一切只是天意

金

一片铁心听不尽,天津长短杜鹃声。
——明·罗伦《七月初九日梦》

有形的铁

我说瓷器内部藏着金属你信吗
比如青花藏着钴
钧瓷藏着铜
比如白瓷藏着钛
而青瓷藏着铁

这些坚硬的金属
构成了瓷器的一部分
当你敲击瓷器本身
当当的回声

或许是它们对你的回音

我至今仍没有想明白
最早被人类提炼出来的金属居然是青铜
它被制成鼎，制成钱，制成兵器
制成一种制度
而铁造了它的反

我至今仍没有想明白
自然界无法独立生存的纯铁
却打造了一个铁的世界
有形的铁，无处不在
无形的铁，在视线之外
血液之内

无形的铁

无形的铁
在血液之内，也在泥土之中
它们隐姓埋名
不见踪影

而火能唤醒这些侠士
当火遇见铁
它们像是久别重逢的老友

密切地交谈
一抹青色挣脱出胎骨

于是有了最早的国色
自东汉蔓延开来
流过谢朓不归的东山
流过白居易泪湿的青衫
流过陆游家祭的杯盏

天青色等烟雨
而我
等铁
不等闲

大道之器

用瓷土和着水
用松木点燃火
用铁还原出青色
金木水火土完备
于是
瓷,有了道行

世上舍她还有五行俱全之物么
我低头思量,为了圆满

第六章　五行之器

有人缺木补木
有人缺火补火
老祖宗留下的法度
被后世遵循千百年

而青瓷，五行聚义而内敛
你端详青瓷之时
看得到土吗
看得到火吗
看得到木吗
看得到水吗
看得到金属吗

工、艺、术、法、道
行世五维
唯有道，法自然
大道至简，大象无形
于品性而言
金银铜铁，皆不可比
越窑青瓷，大道之器
信也

第七章

器不苦窳

舜耕历山,历山之人皆让畔;
渔雷泽,雷泽上人皆让居;
陶河滨,河滨器皆不苦窳。

——西汉·司马迁《史记·五帝本纪》

第七章 器不苦窳

一

司马迁不会想到
他当年生造的这个词：器不苦窳
成了关于工匠精神最早的描述

他也没有想到
这个"窳"字
让多少人心生疑窦
不解其意

而"苦"
所有的陶瓷从业者
都深刻地体会到了

七十二道工序
就是横亘在他们面前的七十二难
任何一道工序的失误
都能导致一个失败的结果

我不一一罗列这些复杂的难题了
我只选取其中的几项
以飨这火与土的艺术
以向千百年来的陶瓷从艺者
致以无比的敬意

二

土
我们最熟悉的事物
或许也是最陌生的东西
我们从土里获取的
已不仅仅只是休养生息

没有土
毛将焉附
没有瓷土
制瓷只能是一个传说

选取瓷土
从故乡热土的腹部
选取可塑的黏土
除杂、粉碎、除铁
淘洗、陈腐、揉炼

去除有机质
去除重金属
去除一切多余的部分
只留下纯净的土
压滤、切断、保湿
完成制瓷的第一部分

三

而釉是什么
这是很多人问起的一个问题

就像厨师的调料
也如孩童的拼图
把瓷土、狼萁草灰、石灰水
按照一定的比例掺和
就构成了釉的基础部分

如果还有秘诀
加点珍珠或贝壳粉吧
它们会让釉色更加柔和滋润

而每个调釉师都有自己的配方
自然界的一切
几乎都可以拿来调釉
竹根、菜叶、稻壳
方解石、叶蜡石、石灰石
它们就像积木中的一块
平常而不可或缺

这些材料中的各种元素
在高温高压下的氧化还原反应中

生成了青色的氧化亚铁
这就是青瓷釉色的秘密

四

制坯
是成器的关键
一双久经历练的灵巧的手
可以从土里
救出碗、盘、杯、罐等等
这些被封印在混沌里的鲜活群体

当其他窑口的技师
还在用盘条法、拍印法做陶的时候
越窑的工匠们
早在汉代便开始借助转轮法制坯
这是上虞先民的首创
佐证了这片土地历来是创新之区

而压坯法、灌浆法
也是成器的主要方式
它们解决了器物的标准问题
同时大大提高了生产效率

凸者为模

凹者为范
模范一词出自制瓷工艺
那种认为手工制作的瓷器
一定比模具生产得差的观点
是不完全正确的

五

俗话说
不修不成器
瓷坯经阴干晾晒以后
在保持一定湿度的状态下
需要修坯
技师们喜欢称这道工序为"利坯"

修出沿口
修出底足
修出厚薄均匀的胎壁
修出端庄的仪态
修出曼妙的身姿

修坯技师
仿佛外科医师
一把小小的铁刀
宛如锋利的手术刀

在转轮的飞速旋转中
在纷纷跌落的泥粉里
一件件胸有成竹的器具
面世了

六

而装饰
就是化妆师的事了
接手柄、流口、铺首
绘画、雕刻、堆塑……
都属于装饰范畴

南北朝以前
越窑以动物、人物纹饰为主
佛教传入中土盛行后
越窑便以卷草纹、水波纹、云纹
缠枝纹、花瓣纹等为主了

而装饰工艺也从以前的
戳印法、拍印法、堆雕法
改为以刻划花、阳刻法、阴刻法为主
南北朝成为越窑装饰的分水岭
佛教文化的影响极其明显

七

从原始瓷到瓷，漫长的三千年
人们在日复一日的劳动实践中发现
凡是被浑浊的泥水清洗过的胎体在窑火烧制中
因草木灰和木炭的落灰
表面会形成青色的窑汗
加重了浑浊液的浓度后
便形成了最早的釉水

施釉，是一件复杂的事
根据器型的大小、工艺、厚薄
分别以荡釉法、吹釉法、刷釉法
浸釉法、喷釉法、剔釉法等
各种工艺加以施釉

而瓷艺在景德镇被发扬光大后
瓷种又有了釉下彩、釉中彩、釉上彩等
新的施釉和装饰工艺
与越窑已是花开两朵，各表一枝了

八

越窑的七十二道传统工艺
最关键的应是烧窑了

烧窑出了问题
则前功尽弃

烧窑并不是温度直线上升
而是需要有温度曲线
什么时候氧化
什么时候还原
需要根据器型大小和工艺要求决定

有经验的窑工可根据窑火的颜色
来分辨即时窑温的高低
根据焰火喷出观察孔的长短
判断窑内的炉压
通过开关进气闸门和出气烟口
随时调节炉温炉压

素烧六七小时
釉烧十三小时
结晶水和结构水排放完毕
瓷土和釉水中的氧化铁还原成氧化亚铁
青瓷，如佛
在烈火中涅槃重生

九

越窑的烧制
是团队精神的充分体现
一关不过
关关不过
一关有瑕
关关皆瑕

越窑的成瓷
需要克服重重困难
才使得泥土华丽转身
才得以通过工匠的手
救出一个清澈的灵魂

我一直以为
工匠精神是工匠对器物的要求
在漫长的制作过程中
在工匠与瓷器的默默对话中
才真正地明白
工匠精神
其实是器物对工匠的要求

第八章

初遇越窑

第八章　初遇越窑

一

今夜，春风正从南方吹来
窗前的西府海棠开得正烈
这样的夜晚
适合想起一些人，一些事

今夜
我不断翻看那些旧时照片
青衣布衫，稚气满面
我，与我
像一对陌生的反义词

今夜，我试着回想
回到一九九八年
那个飘着小雪的冬日下午
绿色的军车最后一次
把我拉回了故乡——上虞

铅灰色的阴云像是褪色的军装
苍茫的大地被薄薄的雪霜涂抹
这使我想起了白发的父亲
我退役回乡
还没有想好
如何向父亲交上承诺的答卷

兜里揣着的军功章
与腿上的伤疤
是五年军旅生涯的纪念章
这些都已属于过去
激情燃烧的岁月之后
从祖辈传递给我的旧时光里突围
将是我面临的另一张答卷

二

这是一个值得期待的未来
大开大合的时代
即使是沙砾
也会被浪花卷上岸来

被玉米糊和番薯粥喂养大的童年
是干净清澈的时光
在港台歌曲和霹雳舞的旋律里
学会的爱和忧愁
使懵懂的少年更加向往诗和远方
我写诗，画画，剪报
开始爱一个芬芳的名字

我所不知道的是
当年所做的一切

或许都是为未来在做准备
一切在挫折中沉淀的
只是在等待被秋风磨亮的季节

三

"开个茶楼吧"
以前从不喝茶的我
做出这个决定
在今天看来,仍是一个谜

人生的轨迹
往往因一个偶然的因素或决定
彻底转向
当父亲用他疑惑的眼神看着我时
我分明从他眼睛里看到了四个字:
不务正业

这是一个很严重的词
在我读书的时候写诗、画画
这个词曾经出现在他的眼里
这种爱的担忧,我至今仍认为是应该有的

我的故乡在黄家埝,曹娥江畔
宁绍平原上的一个小村庄

没有一座小山
也没有一棵茶树
喝干菜汤长大的我要去开一个茶楼
是我生命中冒险的一部分

这个没有一个人姓黄的村庄
居然叫黄家堰
这本身就是一件神秘的事
她在古"纂风镇"境内
白居易《过纂风入剡》的诗
记录了这个地名,至少已逾千年

四

一个网名叫"好吃懒做"的网友
给我的茶楼取了一个温暖的名字——天香楼
这个名字曾经属于清代上虞的一个藏书楼
取一个书香茶香俱全的名字
应该是一个好的开始

"好吃懒做"已经是
一家跨国贸易公司的老板
他现在帮我推介越窑青瓷到世界各地
他原来是一个老师
"不务正业"现在成了他的正业

我承认茶是我熟悉的陌生人
绿、红、黄、白、青、黑、花
按颜色分都可以让我眼花缭乱
而茶盘、杯、盏、壶
又足足给我上了一堂深刻的课

五

景德镇，一个世界上温度最高的城市
1300℃的火焰烧了一千年
烧成了一个瓷之海
这个宋以前叫"昌南"的地方
是"china"发音的渊薮

对当时连青瓷和青花瓷都分不清的我来说
面对琳琅满目的各类陶瓷
根本分不清精品和次品
三小时的时间
完成了本该三天完成的采购

那么，计划中多余的时间
就去老窑厂转转吧
以旅游的心态
没有任何的使命感

我没有想到
这个"转转"
成了我生命中的转折点
越窑，这个如今刻骨铭心的称呼
第一次出现在了我的耳边

六

昏暗的老厂房
高耸的老窑炉
年迈的老工匠
构成了我对老窑厂的预期

那个至今不知道名姓的老工匠
专心致志地在一件泥坯上雕刻
他雕了松树、仙鹤和灵芝
雕在一个叫"玉壶春"的赏瓶上

这使我大为惊讶
有一点绘画基础的我
对在泥土上作画
感到不可思议
以至于看了一个多小时

感到不可思议的还有老工匠

他问我"这有什么好看的"
我微笑以对
他继续低着头问我"你是哪里人"
我说"我是浙江人"
他说"浙江哪里的"
我说"浙江绍兴的"
我担心我家乡的小县城名不见经传

他抬起了头
我看到他的眼睛里有深邃的东西
他继续问我"你知道绍兴有一个叫上虞的地方吗"
我说"我就是上虞人"
他站了起来

他握着我的手,激动地说
　"娘家来人了"
我不明白他说的"娘家"是什么意思
他说"景德镇的瓷器是上虞传过来的"
　"上虞是景德镇陶瓷的娘家"

这简直是一个"笑话"
一个延烧了一千年的瓷都
一个家喻户晓的烧制瓷器的大镇
　瓷艺居然传自我的家乡上虞

老工匠看出我的疑惑
只说了一句"我不会搞错的"
但这是我所不相信的
回到上虞,忘了此事
热热闹闹地开起了茶楼

七

春天总是让人欣喜的
我在唐诗里就爱上了垂柳与桃花
我所爱上的
与唐诗关系不大的
好像是笋

我的家乡上虞
沿着杭甬铁路区分的
南部几为山区,出笋
北部全是平原
我恰恰出生在虞北
所以我最喜欢的食物,是笋

人总是这样
缺少什么,就向往什么
我嗜笋如命
我觉得我的生肖可能不是虎

第八章　初遇越窑

而是熊猫

开茶楼的隔年春天
一个上浦的朋友告诉我
他家后院的山上
笋长得真旺

我第一次去了上浦
这是一个山水处处明秀
晴雨时时好奇的地方
满山的翠竹，满坡的竹笋
让人眼里充满了生机

我所想不到的是
这次没挖到笋
而是挖到了一个古老的秘密
挖到了我的下半生

锄头到处，挖出大量的古瓷片
这些湿漉漉的瓷片
在透过竹梢的阳光的照射下
发出青幽的光

这不是瓷片
这是历史的碎片

是文明的碎片
是老祖宗埋在地下的一把钥匙

是的,钥匙
它打开了我的心门
它让我想起了景德镇那位老工匠的话
它让我热泪盈眶

八

我扔掉锄头
转身去了上虞博物馆
一个我从来没有去过的地方
在今天想来,这是羞愧的

偌大的博物馆
整整两个大厅
都在叙说越窑的历史
而厅内空无一人
当年的越窑,是寂寞的

我隔着玻璃
从旧石器时代看到南宋
默默辨认这些古老的器物:
鬶、鬲、罍、尊、注

我细细阅读介绍文字:
越窑,中国最古老的成熟瓷器
诞生在浙江省上虞市曹娥江中游的两岸

这是一次穿越
是我与越窑的第一次对话
默默的对话
这种对话,至今仍在继续
她告诉我,她没有老去
她只是在等待一个时代

九

一个瘦削的中年男子出现在我背后
操着上虞口音的普通话:
"你是哪里人"

好熟悉的问题!

是的,我是哪里人
在古老的越窑面前
这句话就像一句责问
又像是一种责任

"我是崧厦人"

"上虞人？那这有什么好看的"
这句话直到今天仍然回响在我的耳边
从这句话里
我听到了寂寞，莫大的寂寞

是的，那个以经济建设为中心的时代
与古老的越窑像是两个平行世界
而这个戴着眼镜的越窑研究员
显然是落寞的

他说：我看你看了半天了
他说：难得有本地年轻人来看越窑
他说：加个QQ吧
自此，我认识了一个日后对我非常重要的朋友
他的名字，叫杜伟

十

我开始寻找
一切与越窑有关的信息
书中、山上、百度里
我在经营茶楼的每个日夜里
每个茶客的嘴里
寻找越窑的痕迹

第八章 初遇越窑

在古代,茶楼是一个信息库
所幸,当代仍是
一个叫刘伟达的朋友
送了我一件汉代的齿形窑具
我用它来做烟灰缸
烟蒂堆积起来
像是一个滋滋燃烧的古窑

我当时仍没有想过
我将把我的后半辈子
交付给越窑
我会如瓷土一般
经过粉身碎骨,千刀万剐
在水深火热里
涅槃重生

第九章

窑火初探

纸上得来终觉浅,

绝知此事要躬行。

——南宋·陆游《冬夜读书示子聿》

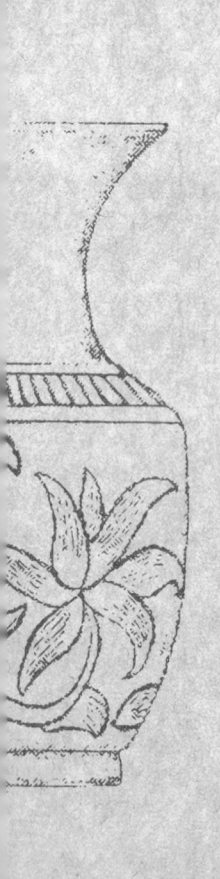

第九章　窑火初探

一

一切看起来熟悉的东西
其实更为陌生
一切看起来容易的事
也并非那么简单

年轻是一种资本
也是负债
热爱是一种动力
也是冒险

"王侯将相宁有种乎"
当我被这句话折服的时候
一条不归路
已蜿蜒曲折地铺在脚下

当我决定要去做越瓷的时候
面对我收集到的那些越瓷残片
父亲，一个踏实的农民
第一次表示了坚决反对

反对无效
当我以"代沟"为借口的时候
我没有料到

我与越窑的代沟
更像是一个深渊,在凝望着我

二

灰土。嗯,灰土
狼萁。嗯,狼萁
石灰水。嗯,石灰水
烧窑。嗯,烧窑

于是去湖底取黏土
去山上割狼萁
去建筑商店买生石灰
去景德镇买窑炉

当我觉得一切准备就绪的时候
才明白
我唯一没有准备好的
是敬畏

皲裂、黑点、釉色不均
漏釉、气泡、器物变形
我开始不断地认识这些疼痛的词
开始了忙不完的白昼
和睡不着的黑夜

靠那些浅表的认知
终究是不能成事的
那时候烧的不是窑,是钱
卖的不是瓷,是血
坍塌的不是码在炉膛里的泥坯
是脸面

三

我的第一个作品,是一只碗
饭碗的碗
我想我找到了饭碗

最后这只饭碗被母亲笑着买下了
是的,笑着,买
这算是她对反对的事的一次支持

她说:装酱油还可以,不漏
这是她对酱油碗的最低要求
但那是我当时最高的成就

可惜这只碗
到今天已不知去向
若是还在
我一定会放在我的办公桌上

当作我的图腾

四

有人说，简单的事重复做
会成为专家
我重复着做汉代的尊
晋朝的熏
大唐的蟠龙罂
甚至虎子，一种男人的便器

做着做着便像了
做着做着赞誉来了
做着做着奖状堆满了书桌

现在看来
奖状堆满书桌并不是件好事情
它让我迷失在虚幻里
忘了我是为谁在做越瓷

我忘了现代人更喜欢香水的便捷
小众的香熏仅是文玩
我忘了现在的男人已经习惯抽水马桶
最美的虎子也只能活在儿时的记忆里

不为当代人服务
非遗总归只能是非遗
这个代价
我用血的教训告诉过很多人
只是，我遗憾地发现
至今仍有那么多人前赴后继
把"泥古"当成了工匠精神

五

我卖了房，还了债
口袋里剩下五元钱
三元买了香烟
两元买了方便面
我以为那是我的最后一餐

劣质的香烟嗞嗞地燃烧
像是地雷短短的引线
更像是短暂的人生
从燃烧走向湮灭

累
那种绝望的累
在绝望中醒着
还不如在绝望中睡去

天竟亮了

当朝阳透过窗帘照到我脸上
一只灰色的鸟在窗口叽叽地叫
我不知那是乌鸦还是喜鹊
我知道的是
歌唱比沉沦更有意义

六

这里我要感谢我的第一位贵客
他叫胡耀灿
一位骨子里有铁的文人
对我父兄般的关爱

我说：借我两万
他说：什么时候要
我说：现在
他说：送到哪里
我说：医院门口

这是全部的对话
也是全部的信任
我选择医院门口
是因为我确实需要救治

第九章　窑火初探

他知道我的近况
他说：出去走走吧
我的眼眶顿时湿润

在人生最低的低处
一束光照了进来
温暖，有时候
比燃烧更触及灵魂

七

解铃还须系铃人
第一站我还是去了景德镇
去找那个老工匠
去说出苦，说出渴
说出色声香味触法

我带他去了上浦
越窑青瓷的发源地
在青山绿水间
他显得那么的严肃和庄重
他在一个叫江西塘的地方深深地鞠躬
这让我惊诧不已
他说这是他们江西陶瓷工匠的圣地
他们古时做的每一个新窑

都要千里迢迢来这里取封土

他说这里真是一块宝地啊
满地瓷土
一江釉水

我诧异万分
目光所及
我看不到瓷土
也不见釉水
唯有黄土满茶园
娥江蜿蜒去

八

他说：眼睛看到的不一定是真的
经火焚烧
黄土即成灰土
而我之前从河塘里挖的灰土
那多是调釉用的，不宜制胎
易裂，易塌

他说，古人建窑于半坡
均为就近取土
土尽即迁窑

第九章　窑火初探

不会费力去山下河塘挖土
这也是上虞有这么多古窑址的原因

他说，曹娥江水即为釉水
他在江边以手拂水
搅浑装上一瓶
喷施于瓷坯
真的烧出了青黄之色

他说，娥江通海
水里有盐
而江泥即是山上瓷土冲刷而成
沉淀在江里
构成了不算完美的釉水

九

他叫黄奀良
一个做了六十年陶瓷的工匠
他指着一块黑色的石头说
你看，那是一块磁铁
我真的用它吸起了钥匙

他说用早稻壳垫底
可以烧出越窑足底的火烧红

他说不要用自来水做越窑
要去山沟里取水
那水里有嫩荷叶的釉色
他说,狼萁不能用大叶的
要用小叶铁狼萁,焖烧成灰

这些秘密
我今天都写出来
他传递给我的经验
我得传递下去
我感叹越人没有秘方记载传世
我力所能及记上一笔

十

他说,你要去远方
要跳出越窑看越窑
要把当年越窑传递出去的技能
——找回
像拼图一样重新拼接起来

他说,你要去述说
要把越窑的故事传播出去
那些山头林立的窑口
他们会接纳你

会对越窑认祖归宗

那不是苟且
那才是诗
那，才是远方

第十章

瓷海寻珠

读万卷书，
行万里路。

——明·董其昌《画禅室随笔》

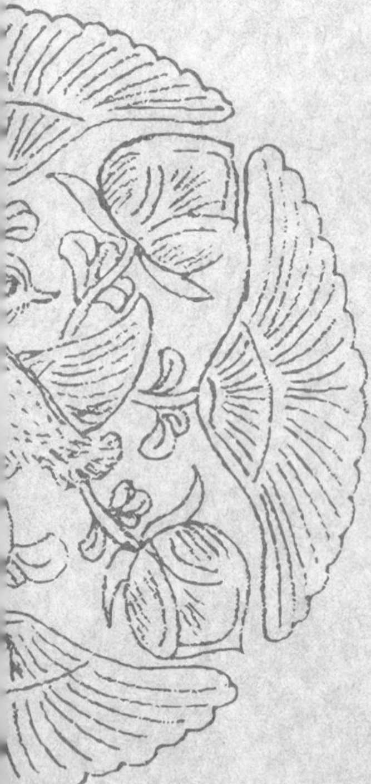

第十章 瓷海寻珠

一

去
去远方
去走遍神州大地
陶瓷的国度

去远方
去寻觅那些史海遗珠
星罗棋布的不绝窑火

虽然史上没有留下
越窑制瓷的技术
那些在北宋末年走散的孩子
依旧在中国各地的青瓷窑口
吐露着火与土的秘密

我曾假想
当年为避战乱
那些越窑工匠四散逃命
是不是去了龙泉的工匠擅长拉坯
以至于龙泉窑以形而胜
是不是去了耀州的工匠擅长雕花
以至于耀州窑以划花工艺见长
而去景德镇的工匠说不定是个调釉师

以至于湖田窑釉色类冰似玉

这只是设想,需要求证
而脚步是丈量真相的一个尺度

二

若是唐代景德镇没有发现高岭土
我不知道白瓷会不会抢了青瓷的饭碗
若是湖田窑也只是仿造了越窑的形制
我也怀疑青花、粉彩、斗彩
这些有别于越窑的装饰技艺
能否独占陶瓷史的千年风采

唐末及今
在离越地一千里的昌南
窑火西进,再一次烛照苍穹
那通过昌江蜿蜒出海
到达亚非欧的瓷器
征服了罗马帝国和孔雀王朝
他们亲切地称呼这些精灵为"china"
称呼这些运来瓷器的人为"chinese"

忽必烈的铁蹄一路向西
苏麻离青,这种制青花的材料

就一路向东
元代的青花,成就景瓷新的高度
从此,景德镇制瓷与越窑花开两枝
形成自己独特的风格

而满族
这个马背上建国的少数民族
更喜欢色彩斑斓的装饰
粉彩与斗彩惊艳登场
宫廷范制,百姓效仿
以至于今天
我们仍难以恢复汉瓷的审美

三

一条以"瓯"命名的江
注定是一条窑火传递的通道
溯江而上
龙泉窑,青瓷界的明珠
在浙江最高的山川间延烧千年

宋代的海侵
使得龙泉窑建在更高的海拔上
小梅,大窑
几百处古窑址掩藏在浙闽边界

而相对封闭的交通
使得人们更专心于青瓷的烧造

千年前的龙泉器
几乎脱胎于越窑形制
而矿物釉取代灰碱釉后
梅子青与粉青的问世
造就了龙泉窑独具一格的风采

哥窑的面世
绝不仅是一个动人的故事
它更像是无心插柳的范例
也是"做瓷先做人"的生动写照

现今的龙泉窑已经脱胎换骨
大师辈出、工艺豹变
世界非遗的光环花落龙泉
盛世兴瓷，此言可信

四

十余年前
我曾言建窑属于越窑系
却被多人批驳
而我也无可信的证据佐证

第十章 瓷海寻珠

七年前的一次战友聚会
在武夷山举行
我居然在武夷界见到一块古碑
上刻"楚越之界"
那么武夷山以北的建阳
当属越地无疑

这让我无比惊喜
也确实从史书里找到了
唐时,福建武夷以北
皆为吴越辖制

而在后来到访的建阳水吉镇建窑博物馆
进门大厅序言上的第一句话
我含泪朗读:
建窑,越窑系。

这是越窑走散的一个孩子啊
它虽然没有越窑青瓷的面貌
但它传承了越窑黑瓷的基因
它多像我们的罗姓家族
祠堂门楣上高挂着"豫章堂"的匾额
虽在祖地外开枝散叶
但不忘来处,认祖归宗

五

我的合伙人,周统鉴
来自广东的潮州
因为喜欢定居在绍兴的姑娘
跨越千里来到这里
我本以为这只是一个美好的爱情故事
现在才知道
他来绍兴,还有一个初心

从小喜欢玩泥巴的他
自"南海一号"沉船在他家乡的海域被打捞后
便向往绍兴——世界瓷源
他从潮州窑的历史里
一路泅渡
向"母亲瓷"越窑漫溯

而今天的他
已成为浙江省"百千万"高技能领军人才
成为浙江省工艺美术大师
在越窑复兴的窑火里
釉色转青的同时
黑丝转成了白发

他说:万瓷归宗

我心里升起了敬意
不仅对越窑
还对他

六

因为运输瓷器易碎
古窑址几乎都建在水岸之边
而在铜川的陈炉镇
这个黄土高坡上的耀州窑发祥地
离最近的渭河都相隔百里

以刻划花为装饰特征的耀瓷
与越窑简直是孪生兄弟
我惊叹于越窑强大的基因
也感慨于耀瓷千古不变的工艺

这个南朝开始制器的窑口
为什么直到宋代才有了极大的变化
灰胎、青釉、器型
几与越窑一模一样
前人不可能仿后人
后人仿古，才符合逻辑
这是我的个人理解

七

天青色等烟雨
等来的,是柴窑

柴窑,并不是用柴火烧的窑
而是五代柴世宗创烧的瓷种
可惜
柴窑与后周一样
短暂得如天上的流星

薄如纸
声如磬
这是后人对她的描述
只是世上再无柴窑
只有零星的几片残片
静静地躺在博物馆里
述说着当年峥嵘往事

八

以氧化铜点彩的钧窑
是窑变技术发展的一个高潮
进窑一色
出窑千彩

玫瑰红、海棠红、胭脂红
鸡血红、朱砂红、鹦哥绿
茄色紫、葡萄紫、葱翠青
窑火是跳跃的调色板
煅烧出令人目不暇接的色彩

世说"家财万贯不如钧窑一片"
虽有夸张
不掩其值
作为宋代五大名窑之一
我在钧州神垕镇
深深感悟到了北方窑的神奇魅力

九

你听说过"南青北白"吗
南青，即为越窑青瓷
北白，即为邢窑白瓷
在唐中期，这构成了中国瓷器的全部

茶圣陆羽在《茶经》里记载：
碗，越州上……
或以邢州处越州上
殊为不然

越瓷类冰类玉
邢瓷类银类雪
在越窑登峰造极的时候
能与越瓷平分秋色的
唯有邢瓷

只是邢窑与越窑一样
在南宋评定五大名窑之时已处式微
她的嫡传弟子定窑
反而位列其中
令人不胜唏嘘

十

似玉，非玉，胜玉
这是文人对汝窑的描述
以玛瑙入釉的这个瓷种
天生就含着金钥匙成长

"愿化汝窑瓶一个，一生厮守镜台前"
唐诗里的汝窑
堪与越窑一比
只是她自幼成长在大宋的皇城根下
得到士大夫阶层的更多眷顾

雨过天晴云破处
这般颜色做将来
乳钉纹、蟹爪纹、乳浊釉
构成了汝瓷的基本特征
宋人以"汝窑为魁"
那是越窑式微后的事了

而汝窑也有秘色一说
可见秘色
只是文人对青釉的一种赞美
对于她的祖瓷越窑
汝瓷算是比较有出息的子弟
但今人把汝窑列为宋代五大名窑之首
只怕"官窑"是不同意的

十一

官窑，分四种
一曰北宋官窑，在汴梁
二曰官办窑口，各窑口多有
三曰官搭民烧的瓷器，可称官器
四曰南宋官窑，在杭州老虎洞

我们常说的官窑
一般指南宋官窑

泥马南渡定都临安后
为宋室专烧的青瓷窑口

但在龙泉的大窑
考古发现大量的官窑残器
因有一说：
杭州官窑只产一部分
更多的，疑在龙泉完成

官、哥、汝、定、钧
世称南宋五大名窑
成为一时瑜亮
辉耀千年时空

而早烧一千年的越窑
此时早已成为湮没的辉煌
"李唐越器人间无，赵宋官窑晨星看"
史上写诗最多的乾隆
唯有这一首
引发我强烈共鸣
击节而叹

十二

湖南的长沙窑

安徽的寿州窑
江西的洪州窑
浙江的婺州窑
广东的梅县窑
河南的巩县窑
日本的猿投窑
朝鲜的高丽瓷……

这个名单可以写得很长
但笔墨总是无法讲清楚
更多的历史细节
有些叙述，或许只是猜测
有些见闻，也只能作一种思考

为越窑，我行万里路
行囊里带回来的
除了骄傲
还有对她的无上敬畏
和责任

十三

这里要特别提到一个
令人费解的问题
在大江南北各窑口走访

我意外地发现
凡是古代烧制青瓷的所在地
都有一碗他们自称的传统菜：
霉干菜扣肉

我一度以为
这是以绍兴为中心的地方特色菜
但是在古窑口所在的城市
我均吃到了这道菜
而无古窑口的城市
几乎见不到影踪

我不知道是不是越地工匠
在传播越窑的时候
顺带传播了这个特色菜
无法考证
这个菜是否是古代窑工下饭的主菜

如果这也算是一条线索
那是不是可以证明
那些窑口生产的青瓷技术
确实是越地工匠传播的结果

第十一章

遇见奕青

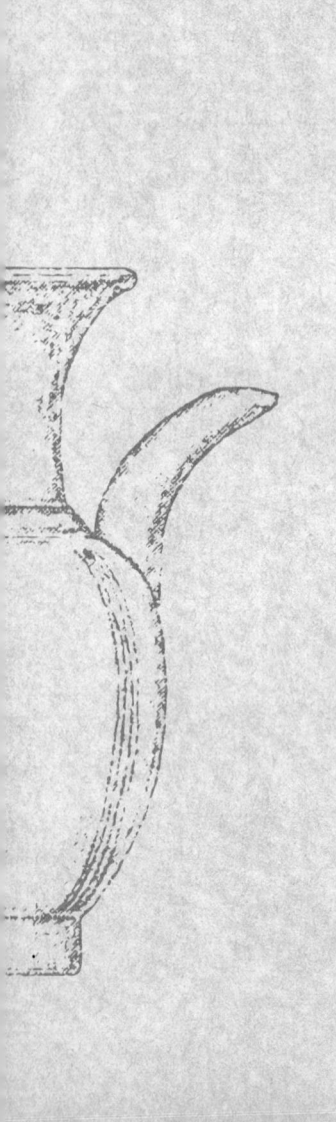

第十一章　遇见奕青

一

2014年的第一场梅雨
来得比往年更晚一些
梅子，苍翠欲滴
注定了这一年
是我命中"青"的开始

我喜欢青
不仅因为它是国色
是汉的文化色
更因为青色里
有端庄、洁净、大气这些朴素的词

天青色等烟雨
而我等来的
是生命中的第二个贵人
她的名字，叫奕青

二

一场梅雨
把我堵在了兰亭
父亲对我说过：
没雨伞的人，要学会奔跑

但那是一场辽阔的雨
注定让我在兰渚山下
一座满是青瓷的院子里
遇见一个丁香般的姑娘

她姓兰，兰亭的兰
她看看落汤鸡般的我
又看看墙上的时钟
问我：吃饭了吗？
我笑笑
她说：没什么菜，饭有

这让我想起了《苏三起解》里的桥段
想到落难秀才得遇贵人的情景
在人生的低谷
陌生人的一粥一饭
都会铭记终生

三

饭后，小兰又端上了一杯茶
绿色的茶在青色的杯子里
显得格外的清新
这便让我有点无所适从了

无功不受禄
我想这姑娘应是喜欢青瓷的吧
于是面对她
讲起了越窑
讲起了龙泉窑
讲起了越窑和龙泉窑的关系

我想我的叙述打动了她
她说要加我微信
她说她有一位姐姐特别喜欢青瓷
她说她希望把我引荐给她

四

上虞的杨梅下市后
葡萄开始灌浆
对于我的故乡
夏天是一个甜蜜的词

气温开始高起来
三季虫的知了
开始登高枝、振远声
对于我来说
一个更高的平台也即将到来

一个夏日午后
雷阵雨没有任何的预兆
落在古城绍兴的一个院子里
雨水如珠帘
倒挂在院中亭子的飞檐下
一个一身青衣的女子
也映入了我的眼帘

五

她叫奕英
长得像白娘子赵雅芝
但她让我叫她奕青
她说她喜欢青
我因小兰而认识奕青
是不是"青出于蓝"的另一种解释

话题和雨水一样丰沛
关于越窑和龙泉窑
关于越王剑和龙泉宝剑
关于兰花——一种象征君子之交的植物

她说她的故乡在龙泉
奔着绍兴这座城市而来
她喜欢这里的书香、酒香、桂花香

第十一章　遇见奕青

喜欢小桥流水、枕河人家

我说，绍兴是江南的中原
这是一个"骑着"乌篷船驰骋的部落
水乡的脸上满是温柔
但她的水里埋伏着酒

这是一个五行俱全之都
是一个阴阳和合之城
是一个五彩斑斓之地
是"青"气满乾坤的神秘所在

六

她说，想不到
龙泉窑传自越窑
龙泉宝剑传自越王剑
这个渊薮可上推千年

她说，越窑辉煌千年
沉寂千年
今生想为越窑做点事
她想借龙泉窑的力量赋能越窑

我眼睛一亮

正面进攻的惨痛教训犹在眼前
曲线传承会不会也是一种办法
只有热爱是不够的
还需要有方法

那天,我们只是交换了看法
没有涉及越瓷的内部
只有雨一直下
五行缺水的我
依稀看到了一片汪洋

七

奕青第一次来上虞
她用了一个"请"字
她说:
你是上虞人
我是龙泉人
我们一起做越窑吧

对于美女
男人一般都缺少拒绝的艺术
而我
却拒绝了她的四次邀请
我今天也说不清我当时在担心什么

第十一章　遇见奕青

合作，是一件慎重的事
因为那年我已四十
我不能再寻求一份工作
我需要寻求下半生的事业

令人奇怪的是
她每次来
天都下着雨
是不是我们都在等待
雨过天晴时的
那一抹纯粹的青

八

张立民，我的同学
一个身为警察的艺术家
他在奕青第四次来上虞被我婉拒后
义愤填膺地反问我：
当年刘备请诸葛亮也只请了三次
换作是我
白干也得去干

立民是我一生中少有的净友
我佩服他的才能
也相信他的眼光

我告诉自己
如果奕青还来第五次
我一定答应

我是幸运的
她第五次来的时候
带着夏侯文大师的一件作品
她说：不管你去不去绍兴
这件国大师的作品
算是我们相识的纪念

这件作品现在在我的书房
它像一个见证人
让我时时记得当初的相逢
我们彼此对越窑的承诺
以及，深藏于我内心的知遇之情

九

再没有比承诺更庄重的事了
有些事
要么不答应
答应就是一种信任和交付

这改变了事情的性质

对于越窑
这已不仅是爱好
这已经是使命

从一个人的战争
到整合队伍
进行万里长征
到描绘蓝图
续写现代越窑的辉煌
我知道
我的一生
已经交给了越窑的复兴

十

"我有一个梦想"
"人到中年，仍有梦想是幸福的"
"光有梦想是不够的"
"我们一起越过山丘"

这是我和奕青的一次对话

是的，光有爱是不够的
需要战略、意志、办法
需要平台、技术、团队

需要资金、资源、客户
需要敬畏!

而这一切,我觉得
我们仍旧没有准备妥当
但许多事情
并不需要准备妥当了才可以做
能解决的,解决了就去做
不能解决的,在做的过程中去解决

十一

奕青现在成了我的老板
但更多的时候
我只是把她当作了
一个值得追随的朋友

我有时顶撞她
还拍过桌子
但她总是宽容地笑
这种宽容
让我自惭形秽

她更像是一尊美人醉
有清亮的釉色,坚硬的质地

优美的外形
和大肚能容的气度

写到这里
我概算了一下
时光已经过去十年
这十年,我只评价两个字:
值得

第十二章

堂名越青

第十二章　堂名越青

一

二〇一四年
九秋风露正浓的时候
我再次来到兰亭
已然换了一个身份

时事造化
成长路上的某个决定
让生活的轨道彻底转弯
这让我不得不在以后的道路上
要善待每一个人、每一件事

从兰亭开始职业化运作越窑
是不是应该具有魏晋风度
和书香之气
是不是也决定了
要用白发的笔尖
写出现代越窑的青史

二

奕青悄悄告诉我
公司取名"越青堂"
是一位领导帮着取的

但领导说不能透露他的名字

她说她理解他的想法
是怕我们搞砸了丢脸
我心里暗暗下了决心
好名字,不辜负

"越"是越地
"青"是青瓷
"堂"是端正
我给这个名字设计了一个语言钉:
越来越好越青堂

这是希望
是决心
是生命中的诗和远方

三

"八借"思想?
对,"八借"思想!
中小文化企业的起步
需要"借"
这是我提出的第一个方案
是作为企业对越窑复兴之路的

第十二章 堂名越青

一个可操作性尝试

没有依托,借水推船
没有扶持,借风使舵
没有团队,借兵打仗
没有产品,借花献佛
没有设计,借镜观形
没有技术,借鸡生蛋
没有创新,借箸代筹
没有渠道,借船出海

没有比脚更长的路
没有比人更高的山
出发,就是成功的开始
接受掌声
也接受荆棘

四

水能载舟,亦能覆舟
最大的水,是人民
从水中求取答案
在水中,摸着石头过河

我们的祖先

没有留下越瓷的配方
留下的，只是时光的碎片
拼接这些碎片
需要所有对越窑有研究的人
共同的智慧

借水推船
船行则远
船把岸推向远方的时候
我们就到达了星辰大海

五

那时，文化强国的政策
还没有推行
那时，文化强市的细则
也没有颁布
那时，经济的浪潮覆盖了文化的沙滩

文化搭台，经济唱戏
这是主旋律
越窑，哪怕作为国家级"非遗"
也只能在经济的促进政策里
寻求生存的罅隙

第十二章　堂名越青

等风，二十年
越窑的夜航船
终于可以扯起风帆
借着强劲的东风
航向复兴的彼岸

盛世兴瓷
千古亦然
我们没有被辜负
我们也终将不会去辜负

六

以公司的名义
搭一个希望的平台
筑巢引凤
选择同频道的人加盟团队

东市找设计大师
西市找陶瓷技师
南市找销售专员
北市找品宣专员
人才成本压缩到最低
团队效能提高到最大

公司做小
平台做大
产品做精
团队做强
借兵打仗
以越窑的名义：
过去可敬
当下可为
未来可期

七

我们低下头颅
学会赞美
我们从其他青瓷窑系里
寻找曲线救国的途径

客户是上帝，也是学生
当青瓷尚未被人们普遍接受
我们需要一些让人眼前一亮的作品
来把视线从白瓷引导到青瓷上来

而让人眼前一亮的作品
恰恰是当时的缺口
那么，引进汝窑、龙泉窑、耀州窑

让越窑的子孙和徒弟们
先来叩开审美的大门

借花献佛，不是目的
是成长的需要
是现代越窑诞生之前的阵痛
我们经受过误解
我们内心坦荡

八

仿古的经历让人头破血流
为谁做器
成为不可回避的命题

越窑的突围
必须符合当代人的审美
符合现代人的生活习惯
当创新成为一道横亘在路上的坎
"创旧"就是一条快速成长的通途

是的，创旧
借镜观形，跨界融通
从祖先的智慧里攫取闪亮的元素
从现代的艺术里整合实用的部分

那么
向木雕、铜雕、砖雕
向琉璃、玉石、大漆
向一切文化产品学习
从不同艺术品类里学到的
远胜于仅在陶瓷领域里的仿造

九

先有鸡，还是先有蛋
这曾经是我学生时代探究过的问题
当我们必须二选一的时候
答案，就是没有答案

没有鸡，也没有蛋
难道就不能卖蛋了吗
我们选择了第三种答案：
借鸡生蛋

对于青瓷，我们需要敬畏
没有工匠精神
做不出完美之器
当我们的技术还没有达到一定的水平
就签约一大批的大师为我们制器
而我们

在这个过程中获得的
已远远超越了器的本身

十

销售不是卖产品
是卖人品
我们赚取的不是剩余价值
而是服务的附加值

借箸代筹
帮助客户解决随手礼问题
是我们的专长
也是我们的初心

为谁做器
一直是我们的出发点
从对方的角度去设计
邀请对方一起参与设计
事半功倍,无往不利

因为专业
所以贴心
我们赢得的不是资源池
我们赢得了远方

十一

来，让我们放大视野
从越窑的框架里
算出她现世存在的最大价值

对，她是载体
与诗酒茶
与竹木石
与琴棋书画
与一切艺术形式共存
与一切风俗产物共生

从它们的销售平台
借船出海
我们没有销售员
我们的销售员遍及各行各业
当分享成为一种艺术
越瓷的传播
春笋般蔓延

十二

创变越窑是一面大旗
"八借"思想是基础战术

第十二章　堂名越青

明知山有虎
偏向虎山行

以两千年历史的越窑为载体
做好一家文化企业
真的需要勇气
及至今日回头张望
我仍为当年自己的决定感动不已

奕青说，美好的人生
应该是：
既有往事可追忆
又有前途可奔赴
我们已然出发
我们义无反顾

第十三章

缘来如"瓷"

一切交往的质量,
都取决于交往者本身的质量。

——周国平

第十三章 缘来如"瓷"

一

对的事，遇见了对的人
对的人，在对的时间
遇见了对的事

譬如越瓷
在挫折和磨砺后
在青睐的凝视里
生发出的那种美好

一切交往的质量
取决于交往者本身的质量

十年生聚
十年卧薪尝胆
缘来如"瓷"
如"瓷"美好
总有一些感动在路上
我不能一一细说
只能攫取一些光影
不忘那些温暖的片段

二

刘国铭，现在是位诗人
那时，他是一个房地产公司的董事长
在他开发的铭丰臻园开盘前
需要定制一批文创礼品

在越青堂初创时期
我承认我们的产品不够精致
当落选成为事实
挫败感
至今记忆犹新

机会总是留给创造机会的人的
在他开发的楼盘里
我惊讶地发现一个令人无法理解的现象：
行道树用的竟然是合抱的银杏树

我臆想
刘董的老家在山村，门前有棵银杏树
他在外一生打拼，事业辉煌
但他终究是丢失了故乡
他要重建一个故乡

于是，我写了一首诗《臻园时光》

提到了丢失的青春、白发的故乡
提到了被银杏叶染黄后的潮湿、丰沛与惆怅
想不到这竟引起了刘董深刻的共鸣

他再次邀请我到他公司
并订了一万个青瓷碗作为礼品
一万个啊
这是越青堂创建以来的第一笔大单
是诗歌赋能的大单

这是八年前的事了
自那年以后
刘董每年拿出 30 万元征集诗歌
举办"杏林雅集"
每年都邀请我参加这个美好的活动
现在，他也成了诗人
并一直关心着越青堂的成长

三

我曾被邀请去诸暨作协做诗歌讲座
第二天还去了山下湖珍珠产地采风
在一个叫"天使之泪"的企业
遇见了一个美丽的企业家——吴维芳

她在被介绍后惊喜地问我：
你就是昙花？
仿佛她早已知道我一样
她拿出手机里收藏的我的诗歌给我看
证明她关注我有些时日了

这让我有点受宠若惊
问明了原因才知道
她是音乐学院毕业的高才生
却将美好的时光交给了珍珠产业
她平时谱曲、演奏
她始终放不下对音乐的那份初心
她喜欢我诗歌的风格
希望我能为她填词

她问我，写诗可以过日子吗
这简直是一个灵魂拷问
我说我是"碰瓷"的
我在做越窑复兴的事
我说越窑的秘色瓷里有珍珠粉成分
我说我可以给你填词
我说你能不能卖点珍珠粉给我

她说她多的是珍珠粉
她说填一首词送一斤珍珠粉

我还真填了
她还真送了

用诗词换珍珠
用珍珠粉烧秘色瓷
我不知道这算不算一段佳话
我只是非常感慨
从事越窑工作
确实让我遇见了一些美好的人
美好的事

四

我遇见的第一个"国大师"
是龙泉的徐朝兴先生
他为越青堂题写了匾额
他说龙泉窑传承自越窑
我们搞越窑
他鼎力支持

他用了个"搞"字
我觉得他是有所保留的
但后来他亲临越青堂
看我们那么认真地做事
他感动之余

又亲笔题写了一幅书法:
"传承非遗,致敬越窑"
这成为鼓励我们的一句格言

后来
夏侯文、毛正聪、陈坛根、胡兆雄
这些国大师纷纷支持越青堂
以龙泉青瓷烧制技艺赋能越窑
并指导我们的技师提升技艺

后来
越窑青瓷国大师嵇锡贵
收了董事长周统鉴为徒
悉心指导这个痴心于越窑的"瓷人"
在短短的几年内
周董制瓷技术突飞猛进
现在已是省级工艺美术大师

除此之外
还有更多的各窑口的省级大师
也纷纷签约越青堂
提供技术、作品、资源
让越青堂成了一个
技术含量较高的青瓷平台

万瓷归宗

大师云集

越窑的复兴

得天时、地利、人和

我们感恩万千

我们信心百倍

五

张军,不姓张

我在认识他六年后才知道

他原来姓杨

我们共同关心的只有一个内容:

现代越窑的创新

他之前一直在烧制龙泉青瓷

而且在圈里已较有名气

是我鼓动他和我一起研究越窑

让一个事业稳定的人

去创烧一个陌生的瓷种

是一件难事

张军是一个比较有想法的人

聪明、勤奋、有创意

但在他试烧了两年多的越窑还被我否决后

他想到了放弃

他本认为这个古老的瓷种
是瓷器的早期形态,应该不难制作
当他渐渐熟悉越瓷材料和工艺
才发现越窑的成瓷技术博大精深
要烧出带有灵魂的真正的越瓷
需要他尚未准备完全的敬畏之心

一个深夜,他打电话给我
让我速到窑炉口去
我到时
他睁着三天没有睡觉的通红的眼睛问我
这是不是你要的东西

我平静地说:是的
他的眼眶瞬时满含泪水
他没有放弃
他赢得了我的尊敬和自己的远方

他是我们的另一个合作伙伴
他的名字叫张军
他不姓张
他姓杨

六

周一农教授是一个有趣的人
他关心诗和远方
更关心粮食和蔬菜

越青堂开业的第一场活动
是在我们兰亭的青瓷山庄
举行的"闻香摩兰"
作为越青堂活动的第一位主持人
他是见证越青堂成长的第一个学者

他提建议、参与策划
思考一些与越窑有关的美好的事
他对美食的兴趣
促使我们做了一桌"唐诗宴"
他后来说
这叫作"倾国倾城青瓷宴"

"儿童相见不相识"
"稻花香里说丰年"
"沉舟侧畔千帆过"
"万紫千红总是春"
这些都是一道道
以越瓷为元素的地道的越菜

厨师眼含热泪
宾客们舍不得下箸
饭店纷纷来取经
有领导甚至惊叹：
我们绍兴竟还有这样一桌越菜

今天，我们总部迁到了上虞
在瓷源小镇千亩荷塘边上
我们正在打造一桌"荷花宴"
不知道周教授会不会闻声而来：
如此好事，岂能少我

七

我在前几章讲到的
为越青堂取名的领导
是冯建荣
在我心中
他是一个治学严谨的学者

他告诫过我
不能透露是他取的名字
现在，他自己也透露了这个秘密
我想，他已经认可了我们
没有给他丢脸

我认真读过他写越窑的长文
让我受益匪浅
我也在党校听他讲过文化课
让我对越窑的复兴充满信心

他说你要好好做好越窑这篇文章
作为上虞人
他对越窑的了解和关切
远远超过了我们

他说古越大地是一本打开的书
祖宗交给我们的试卷
需要从这本书里
找到答案
而对于越窑
我始终觉得
这是一个没有答案的答案

八

徐彪，字慢慢
就像韩愈，字退之

这是一个有趣的人
他经常找我谈苏东坡和辛弃疾

他的案头
是一些我几乎没有见过的古书

问题是,他是一个风机厂的老板
却开了一个瓷源山庄
他说他不是为了盈利
他要打造瓷源小镇的一个文化坐标

他对越窑的了解和痴迷不亚于我
他说他经常与古瓷片对话
他说他要从古瓷片里
读出祖先未曾对他说出的话语

我所感叹的是
上虞,这片古老的土地上
这样的子民
不知还有多少

他们白天在各个领域出类拔萃
晚上则安静地思考来世今生
这也是水土喂养的风情
是游客很难体验到的深处风景

九

陈国荣
是自学成才的越窑大师
憨厚得像一个农民
我称他师父，他称我兄弟
我们互相之间
是一种暧昧不清的关系

他的手指
粗粝得像一段陈旧的松木
从他手里走出的汉、晋、唐、宋之器
遍布国内的各个博物馆
他是古越瓷修复的专家

他与你聊天，总是眯着眼
只有面对古瓷片时
眼睛里才有精芒射出

他经常与我讨论越瓷的内部
关于瓷土、釉水、工艺
他亲切地称我"呆子"
我想，他的调侃里有赞许的部分

我从他身上学到的

不仅是做瓷的技术
更多的是做人的道理
我想这就是工匠精神
在寻常的日子里成为一种寻常

十

我第一次见到小叶的时候
其实我对他的印象并不深
一个瘦小的男孩
两只张得过开的耳朵
像是晋代越瓷上的系

他说他想做越窑
不远千里多次跑到上虞找我
他说越窑是母亲瓷
不仅你们绍兴人有责任弘扬
凡是制瓷人均有义务致敬

这句话打动了我
越窑不仅是古越大地的瑰宝
越窑也是天下人的越窑

对年轻人的刻苦和钻研精神
我从他身上有了新的认识

他也终于有所成就
在瓷源的千里之外
一个以越瓷为主要瓷种的窑口
正燃起熊熊窑火

我不能给出答案
这算不算现代越窑对外的一种传播
我能给出的只有信心：
美好的事物
终究会美名远扬

十一

我在从事越窑八年后
才认识屠宗毅
他像是盛唐的一盏长明灯
烛照着现代越窑的长夜

朴素，是一个朴素的词
就像他的容貌与为人
20世纪80年代景德镇学院科班出身的他
藏在民间，潜心制瓷
如果要说缺点
低调或许更加贴切

年臻花甲,痴心不改
夏湿三身衣
冬掉一层皮
秘色越瓷在他汗珠的映射下
重现熠熠光辉

我和他奔南闯北
一路住行,形同"闺蜜"
是他的精神感召着我
是他让我真正地明白
做瓷,得先做人

人生,有几个可以同行的人
是一件幸福的事
三人行,必有我师
三人行,更要互为师长
因以致远

第十四章

越过山丘

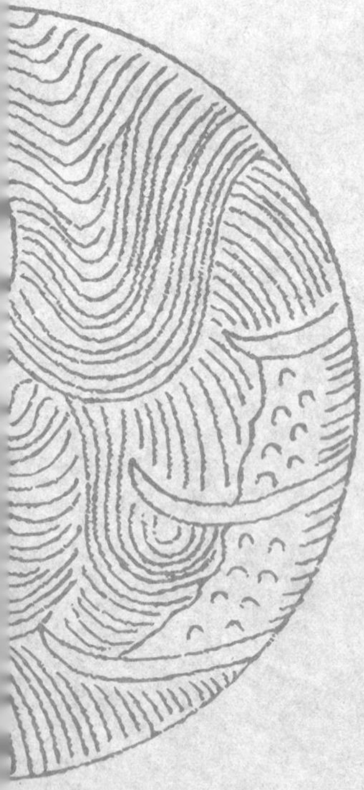

第十四章 越过山丘

一

直到现在
我所遇见的
仍是碎片

越瓷的碎片
时光的碎片
文明的碎片
记忆的碎片

这是瓷化的语言
是原始的隐喻和象征
不要打扰永恒的平静
那是母亲疲惫的睡眠

二

风从杭州湾吹来
带着腥咸的味道
这味道里有铁的部分、血的部分
这味道里
吹响着征召的号角

母亲醒来，白鹭衔来狼萁

孩子醒来，大地长出火焰
当他喊出：风、风、风
风染红了九秋树梢
当他喊出：火、火、火
火跳出象形的舞蹈
当他喊出：日、月、星辰
天空报以黑暗和光明

这不是抵达
是旧的生命开始了新生

三

溯流而上的真正抵达
除了惆怅
又有什么可以在风里张扬

那是祖上的荣光
是千百辈人酿成的蜜
而我们，面对一片古陶瓷
只能从坚硬的开片里
提取柔软部分
包括温润、青莹、灵动
这些似是而非的词语

第十四章 越过山丘

而骨质部分
更多地注入了灵魂
民族的魂
历史的魂
时代的魂

四

一个不敬畏历史的民族是没有出路的
一个不寻求与时俱进的社会
注定要被时代淘汰
越窑的中兴如此
越窑的湮没也如此

我们从越窑里读出的兴衰
需要从窑火里去涅槃
我们从改变中获得的新生命
必将接续起又一个千年故事

五

我代替我们的子孙
从一千年后
看我今天所做的事

这样,我就看到了另一个我
越过时间的头顶
在大地黑色的深处
高举着传承的火炬

我代替他们想象、考据
就像我今天想象一千年前的祖宗
他们用腰间掏出的朴刀
硬生生削出了关于瓷的厚厚篇章

六

我期望他们读到我
我奢望他们读懂我
读懂这个时代
我希望他们也从青瓷的碎片里
逆流而上,与我汇合

我渴望他们的理解、赞美
我甚至渴望他们的批评和不屑
只有那样,他们才是超越我们的又一代

向上,一直向上
只有那样,越窑的屋顶
才能击碎更美的月光

七

多灾多难的祖国
是用来被超越的
多山多水的浙江
是用来被超越的
我们从来不需要攀比
我们只是超越自己

我们熟读历史
是为了续写历史
我们憧憬未来
只是为了改变未来

我从上虞的视角仰视祖国
从龙山时代的苦难中
学会忍辱负重
从曹娥江时代的奋斗中
学会韬光养晦
从杭州湾时代的开放中
学会师夷长技
现在，我在青春洋溢的大湾区时代
明德尚贤，笃行创变

愿我们在春风里相逢

举起未眠的灯盏
在时间深处
照亮不远的未来

愿我们在九秋的风露里
收获不灭的窑火
从 china 的青气和风骨中
越过山丘
并将她高举
高出历史
高出良知的地平线

后记

归根到底,我还是做了自己本分的事。

我是诗人,也是一个农民。当我用诗歌来讴歌这块生养我的热土,当我用另一种方式与泥土打交道,当我在盛世强国的历史背景下,为瓷——这个被世人称为"china"的文化瑰宝、为越瓷——这个被国人称为"母亲瓷"的万瓷之祖,做了一点自己一直想做、现在算是差强人意地完成了的事,心中有莫名的宽慰和些许的遗憾。

在中年之际,才找到一个自己喜欢又力所能及的工作,是一种幸运。在三十岁之前,我从来没有想过,这块生我养我的土地,是世界成熟瓷器的发源地。三十五岁之前,我也没有想到,"碰瓷"会是我后半辈子为之呕心沥血的事业。时光一瞬,二十年过去了。在漫长的陶瓷文化史上,在越窑辉煌千年、沉寂千年的时间长河里,二十年,只是短短的一段插曲。我常常抚摸着这些穿越时光、遍身开片的越窑瓷片,臆想在遥远的汉代,上虞的工匠们是如何在窑火烛天的龙窑窑场里,创烧出如此种类繁多的作品;臆想在金戈铁马的晋代,他们又是如何跨越数千里,知道胡人、胡马、胡羊,将其大量装饰于越器,并把这些江南的精灵远销到中西亚和欧洲;臆想在大开大阖的大唐盛世,他们又是如何创烧出类冰、类玉的秘色瓷,并使其一跃成为至今仍无法超越的瓷界顶峰；臆想在泥马南渡后的绮丽南宋，他们又是如何与国之审美相匹，发展出至今仍叹为观止的刻划花工艺；也臆想金兵南下后，这些背井离乡四处逃散的匠人，最终都去了哪里。

越窑的断章令人扼腕叹息。如今，行走在虞山舜水之间、草木葱茏之地，随处可见的各个历史时期的越瓷碎片，似乎仍在昭告一个湮没的辉煌故事。它们更像是一个个散乱的词语，被时光的碎片揉成了一篇乱章，使我们这些后人，只能从大地这本天书里，怀着敬畏和情怀，再去拼凑、解读祖宗留下来的古老密码。从这些器物和残片里，我们看到了历史演变、文化转型、工艺递进，看到了造型技术、审美取向、生活方式，也看到了国家兴衰、经济发展、民生艰辛。

盛世兴瓷。越窑的兴衰，明晰地证实了这个论断。在当今中华民族和平、繁荣的历史时期，越窑迎来了她的又一个春天。政府倾力打造瓷源文化小镇，青年纷纷投入越窑的复兴，现代加工技术和新材料、新工艺极大地推动现代越窑的创新，跨界、融通的文创理念使得现代越瓷朝着一个更为宏大的方向发展。越窑幸甚，吾辈幸甚。

遗憾的是我笔力不逮，无法用有限的文字，把这个宏大的命题精准叙述。这里要特别说明一下，第一章的"致父亲"中的"父亲"其实并不单指我的父亲，更是对在这块土地上辛勤耕耘的所有父老前辈的致敬；我更要感谢陈奕英、周统鉴、屠宗毅、张军这些陪伴我成长、与我一起

后记

努力推动越窑文化前进的同事们；我还要感谢胡耀灿、杜伟、徐伟军、张立民等师长与挚友，对我从事越窑工作的指导和鼓励；感谢嵇锡贵、徐朝兴、夏侯文、陈国荣等诸窑大师对我、对越青堂、对越窑的大力支持；最后，我要感谢我的妻子钱益飞，是她给我的良好创作空间和充足动力，以及在诗歌写作过程中的意见和建议，才使得这本书，在春天里起笔，在春天里完稿。

"九秋风露越窑开，夺得千峰翠色来。"越窑过去可敬，当下可为，未来可期。

2024年春于上虞瓷源文化小镇

责任编辑：唐念慈
装帧设计：施慧婕
封面题签：景迪云
责任校对：王君美
责任印制：汪立峰　陈震宇

图书在版编目（CIP）数据

越过山丘：越窑青瓷长歌行 / 罗洪良著. -- 杭州：浙江摄影出版社, 2024. 7. -- ISBN 978-7-5514-5036-2

Ⅰ. I227

中国国家版本馆CIP数据核字第2024ED5042号

YUEGUO SHANQIU: YUEYAO QINGCI CHANGGE XING

越过山丘：越窑青瓷长歌行

罗洪良　著

全国百佳图书出版单位
浙江摄影出版社出版发行
　　地址：杭州市环城北路177号
　　邮编：310005
　　电话：0571-85151082
　　网址：www.photo.zjcb.com
制版：浙江大千时代文化传媒有限公司
印刷：杭州捷派印务有限公司
开本：880mm×1230mm　1/32
印张：6.5
字数：80千
印数：1—3000
2024年7月第1版　2024年7月第1次印刷
ISBN 978-7-5514-5036-2
定价：78.00元